めでたし、めでたし

大森兄弟

中央公論新社

目次——めでたし、めでたし

装　幀　岡本歌織（next door design）
装画・挿画　ホセ・フランキー

本作は書き下ろしです。

めでたし、めでたし

第一章

ややあ我こそは日本一《にっぽんいち》の快男児《かいだんじ》桃次郎《ももじろう》。

高らかにときの声をあげて、桃次郎は猿犬雉《さるいぬきじ》とともに鬼のお城へと切りこみます。

大勢の鬼たちがおうこらなんだこらとずっしり重たい金棒をぶん回しながら、次々に襲いかかってきました。

すかさず雉は鋭いくちばしで鬼の目をつつきます。鬼がひるんだところを犬が足首に嚙《か》みついて、転げたところを猿が馬乗りになり顔を引っかきます。そこへ出ました桃次郎、名刀鬼切丸《おにきりまる》をすらりと抜けば、たちまち鬼は真《ま》っ二《ぷた》つ。

さあ鬼たちはたまりません。こりゃあんまりだと顔をひん曲げ、大きななりして泣きっ面。ほうほうのていで逃げまわりばったばったと倒れていきました。

お城の奥で待ちかまえていた鬼の大将もずいぶん頑張りましたが、桃次郎にはかなわない。あれよあれよと組み伏せられて、命乞いをする間もなく目の前でひらり刃が閃《ひらめ》くやいなや、やぁっとばかりに首が飛ぶ。飛んだ首は屋根を突き抜け宙で血を吐き、弧を描きながらくるくる回る。

となれば此方《こなた》の目に映る景色はその逆向きにぐるぐる回ることとなり瓦屋《かわらや》根《ね》や空や海や木々や地べたが目まぐるしく行き交い溶けあい、いろいろな色や形や音やにおいがてんでばらばらに、一度に押し寄せてきて気がおかしくなりそうでたまらず眼をつぶる。

いっそう凄《すご》くなる音とまぶたの裏にちらちら残る光にさいなまれ逃げ場はないと観念し片目を薄く開ければ女の髪《かみ》、絹《きぬ》、金糸《きんし》を取りまぜさんざめく浜の白砂をまぶしたかのような、なにやら五色《ごしき》にきらきらと細いものが数えきれないほど空から降り注ぎ、草木や花、獣《けもの》、地に海そして此方にぶつかり跳《は》ねあがり、またはそのまま吸いこまれ、乱れ跳ねた糸はまたなにかにぶつかり跳ねあがり、または吸いこまれていく。見慣れた城山を背に海を手前に光の雨は降り続け、跳ね回りそれが延々と繰り返される。

一旦《いったん》眼を閉じ、残る一方の眼を開く。そこに映るのは、同胞の骸《むくろ》の山から流れる青き血が川となり渦《うず》を巻き、うわんうわんと羽虫《はむし》が湧いた様。散り散りの

第一章

手足首その一つ一つ、肉の切れ端一つでも共に喰《く》らい眠った此方には誰のものかひと目でわかる。酒宴を開くたび誰かしらその枝ぶりを褒《ほ》めていた柊《ひいらぎ》の木に尻から喉《のど》まで貫かれた此方の胴体が、烏《からす》についばまれるままに打ち捨てられている。首はと探せば砂にまみれ、雉にえぐられ無残《むざん》な穴ぼことなった両の目がぽっかりと潮風にさらされて、ならばいまそれを見る此方はいったい何者か。

空恐ろしくなりとっさに瞼《まぶた》を閉じると、また音が押し寄せてくる。塩気を含んで岩場を抜ける凄まじい風の音に似ているが、ようやく沢山の声が混じりあったものだとわかる。誰に教えられたのでもなくだんだんわかる。同胞が声を合わせて誘い、此方はゆるゆると境目を失い大気に溶けかける。

だが待ってほしい。歌うような、そんな軽やかな声で誘われても、たぎる嘆《なげ》きが重すぎて引きずったって持っていけそうにもないし置き去りにすることもできないし、さらになにやらずっと大きなものががっちり此方を地上につなぎとどめ、それがひどく気がかりで見たくて見たくてもう一つの目を開ける。目は二つしか持たなかったはずだが道理《どうり》にこだわるのは諦《あきら》めてとにかく開ける。

日本一と大書したのぼりを背負った男の背中。なにもかも思いだす。なだれこんでくる。日本一の快男児を懐かしく呼べば、転がる首に声など出るわけもなくそれでも呼べば、すぐに勘づいて此方の首を掲《かか》げ持つ。切れ長の目を伏せ顔を青く萎《しぼ》ませ、手にかけたばかりの鬼の首を、すがるように見あげる。産まれて初めての怯《おび》えに指の震えを止める術も持たず、となれば此方に快男児は縦に細かくぶれて見え、ぶれながら乾ききって貼りついた唇を開くと、ぽっと音を立てた。

どうして？

黒目を細かく揺らせて口はあんぐり、こぼれてしまいそうに真ん丸にした目で空を見つめちゃって。たまらなく懐かしい。此方を置いて他に誰が答えられるというのでしょう。まずは落ち着きなさいな。

此方に言われるまま深呼吸《しんこきゅう》を繰り返す可愛い快男児の頭越しに、のっぺらぼうのような青だけの空で雉がゆるんと浮かびあがる。縞の入った小ぶりな羽根と長い尾で風を押さえつけ日輪《にちりん》のぐるりをなぞったかと思えば、ふいに首をくねらせ弓なりの水平線《すいへいせん》を真っ二つに、頭から海に突っこんでいく。弾ける波《なみ》頭《がしら》の白を為《な》す大小無数のあぶくを青緑色の首元で撫《な》でるように、すれすれでひるがえり瞬《またた》く間に天の原を駆け昇っていく。

舟の尻から黒い帯のようなものが尾を引いている。帯は舟から遠のくほどに広く、薄く、しかししつこく消えずに海原を越え此方の暮らした島へと続く。

帯の出どころは猿だ。舟縁《ふなべり》から身を乗り出し、波をかきまぜるようにして丁《てい》寧《ねい》に血みどろの刀剣《とうけん》を洗っている。海から引きあげ天にかざした剣に白い光が走る。細かな皺《しわ》に囲まれた、小さく黄色い目を見開いてじっと見入り、汚れをあらためることに熱が入っているからか、吊りあがった上唇から歯をのぞかせ、刃にへばりついた血と毛屑《けくず》のようなものを爪でこそげ落としまた波をかきまぜる。

犬は舳先《へさき》で潮風を受けながら高揚感《こうようかん》に体を痺《しび》れさせていた。胸を張りぐんと顎《あご》を突きあげて石像のように動かないが、尻尾だけは舟上を通り過ぎる風が生む細かな渦と戯《たわむ》れるかのようにせわしなく揺れている。

ばびたんっ、という音とともに犬の尻尾になにかが触れた。振り向くと人の頭ほどの蛸《たこ》が舟底《ふなぞこ》でのたくっている。

猿も振り向いて蛸を見て、次に犬を見た。犬が御君《おんきみ》を見たから猿も御君を見た。神通力《じんつうりき》で舟を進めている最中とはいえ御君が存じぬはずはないが、蛸には目もくれず鬼の首をじっと見つめたままだ。鬼の喉の薄皮のたるんだところを人差し指と親指とで挟み、その柔らかさを確かめることを、ずっとやめようとしない。

思えば島を後にしてから一言も口をきいておられぬ、お声をかけるべきだろうかと猿は思ったが、いまだ勝《か》ち戦《いくさ》の余韻《よいん》にひたっているのであればお邪魔《じゃま》だろうし、であればなおさらわざわざ蛸が乗りこんできたなど、報告するに足らぬことに思えた。

犬はもとより海に詳しいわけではないため、舟に蛸が飛びこんでくるのが珍しいことなのかよくわからなかったが、なにも言葉をかわさずただ海に返すのも、どこかぎこちない気がして、なにか言いたい。できれば「これは凶兆《きょうちょう》であるぞ」というような話へ持ちこみ、鬼退治《おにたいじ》を遂げ浮かれる連れの、たるんだ尻をびっと引き締めてやりたいなどと考えを巡《めぐ》らせているうちに、先に猿が「その蛸はきっと怒っておるよ」と話を始めてしまう。

「こやつの頭がすごく大きいのはめっぽう賢いからだが、どれだけ頭が良かろうと八本の手足を思い通りに動かすのは途方《とほう》もなく難儀《なんぎ》なことなのだ。体をうまく動かせず煙草《たばこ》を買いに行くのもままならず常々いらいらしていたところに、今度はちょっと気を抜いたすきに手足の二、三本が勝手放題《ほうだい》に動き、あろうこ

日本一

とかこんな舟なんぞに迷いこんでしまうなんてと、そう怒っておるのだ」

蛸がぶふうと墨《すみ》を吐いた。身をくねらせ舟を勢いよく汚す姿はたしかに怒っているように見え、犬はあやうく感心してしまいそうになる。そこをぐっとこらえ、蛸をつかんで海へ放り投げると重々しく口を開く。

「いつだったかこんな話を聞いた。海賊《かいぞく》が、金銀財宝《きんぎんざいほう》をたっぷりせしめて、ちょうどお前のように浮かれた海賊どもが乗る船に、ちょうどこんなふうに蛸が乗りこんできた。そして墨を、ちょうどこんなふうに墨を吐いたのだ。乗りあわせていた犬のように賢い少年だけが、いつもとなにかが違うと見抜いた。たるんだ尻を引き締めろと言ったかもしれない。しかし酒にふやけた愚《おろ》かな海賊どもは聞く耳を持たなかった。誰一人として。そしてどうなったか。嵐《あらし》が来て船は沈んだ。宝物も海賊も海の藻屑《もくず》と消えてしまったのだ」

「あわれな。なんともひどい話だ。なるほど我らも気をつけねばいかんな」

ぐっと腰を伸ばして持ち場に戻りかけた猿が、くるりと犬に向き直る。

「しかしちと妙ではないか」

小指で額《ひたい》を掻《か》きながら猿がつぶやく。

「みんな沈んだとなると、誰がその話を残したのだ。話が伝わっているからには一部始終《いちぶしじゅう》を見ていた者がいたということになるが、それはいったい……何者なのだ……油断して聞いていたが、よもやこれ怖い話ではあるまいな」

「ああ？」

思いがけぬところを指された犬は大儀《たいぎ》そうにため息をつきながら、頭の中では正答を探すべく全力疾走《ぜんりょくしっそう》で駆けずり回っていた。

「わかるだろう。よく考えてみなさい、わからんわけがない。聞くのは簡単だが、その前に自分の頭で考えることだ。突き詰めるのだ、もう一つその先へ」

「わからぬから聞いておるのだ」

犬は空を仰《あお》ぎ見た。つられて猿も顔を上げたが、五月晴れの空に見えたのは、哨戒中《しょうかいちゅう》の雉だけだ。

「少年だよなぁ」

思い切って一番助かってほしい者を挙《あ》げてみると、猿の顔がぱっと明るくなった。

「そうであったか合点合点《がてんがてん》。賢いから、その賢さを惜《お》しんで蛸が助けたと。少年はそのあとどうしたのだ。いや言うな、こうではないか。少年はまた舟に乗って沈んだ宝物を探しに戻るのだな。海賊なのだから。場所はわかっているのだから。まるっと独り占めということになるではないか。これはすごい、その富をもとに大きな大きな船を造るのであろう。その船の中には屋敷《やしき》や庭園《ていえん》まである、町に畑にそれから、森まである、ああその姿は、それはもう動く島ではないか。季節に合わせて気ままに旅をするのだ。遠く唐天竺《からてんじく》、いやもっと、そうだ、イスパーニアに乗りこむのなんてどうだ。カステーラの密輸《みつゆ》でまたぞろ大儲《おおもう》けだ。竜宮城《りゅうぐうじょう》を探し七つの海を渡るのも良いぞ。なんとも愉快《ゆかい》ではないか。なあ犬殿よそうであろう」

手をたたいて幸せそうに身をよじる猿を、犬は盗《ぬす》み見た。からかわれているのではという怯えに肝《きも》がしぼみかけていた。猿の目は顔一面に走る笑い皺に埋《う》もれてしまい、はっきり見定めることができない。もとより裏表のないお人よしなのは知っている。うん、きっと大丈夫。

「いつまでそうやってはしゃいでるつもりだ。刀はまだ残っておるだろう、手を抜くな手を」と言い捨て、犬は舳先で胸をそらす。

わからず屋め。

横から人の話をかっさらいやがって。話というものには、ここぞという切りあげ時《どき》があるのだ。これはもう当たり前のことなのだ。

切りあげ時を逸《いっ》してしまうとどうなるかまで考え進めるより先に、犬は御君に気を取られた。小脇に鬼の大将の首を抱えた御君は、鬼の首の耳を引っ張ったり、軽く捻《ね》じったり、鼻の穴に指をねじ込んだりしている。母親の乳房《ちぶさ》で遊ぶ幼子《おさなご》の無心《むしん》さで。鬼ヶ島《おにがしま》を後にしてから一言も発することなく、そんなふうに首をいじっている。しかもあの首、まがまがしさも相まって畏《おそ》れ多くも御君と並ぶほどの美しさ。犬は、なにか御君が影《かげ》となり抜け落ちていくような不安をおぼえ、すがるようにその目線の先を追った。

　御君は舟の縁を見ていた。そこにしがみついた瑞々《みずみず》しい薄緑色《うすみどりいろ》のバッタを見ていた。鬼ヶ島で小舟に迷いこんだのであろう若いバッタは、背後の大入《おおにゅう》道《どう》に見下ろされてることなどとっくに承知《しょうち》とばかりに、強靭《きょうじん》な後ろ足を微《かす》かに動かし足場をかため、捕まるものかと跳躍《ちょうやく》するその機を、今か今かとうかがっている。その先には海が、ただ気だるく、どこまでも広がっている。跳べば助かるまい。御君が少しだけ腰を浮かす。ゆっくりゆっくり、その手をバッタに近づけていく。

　犬には御君の心がよくわかる。うっかり海に飛びこんでしまう前に手のひらの中に閉じこめて陸《りく》まで届けてやろうというのだ。いつもこうやって困っている者を見れば救《すく》おうとなさる。困っていない者でも先回りして救おうとなさる。この性分《しょうぶん》のおかげで、村から歩いてせいぜい二日の鬼ヶ島への旅が半年に長引いた。バッタは草ばかり食べているうちに草そっくりになったのかもしれない。鬼も人の姿によく似ているという思いがふとよぎり、バッタは助からぬ、そんな気がした。

ちきちきちきちき。

やはり届かなかった。こんなにも飛ぶものかというほど天晴《あっぱれ》な飛びっぷりで、ついには見えなくなったが、海はさらに広い。

天下無双《てんかむそう》に似合わぬ、白く伸びた指先がうなだれ、背を丸め、濡《ぬ》れた睫毛《まつげ》をぬぐう。無念《むねん》はわかるが大袈裟《おおげさ》すぎではないか。なぜ泣くのか。なぜこんなに美しいのか。

気づくと御君が見返《みかえ》していた。犬は慌てて目をそらし、不安を悟《さと》られぬよう千切《ちぎ》れるほどに尾を振った。

第二章

宝物の元の持ち主は名乗り出よ。

おふれは国中を駆け巡り、我こそはという者がいっせいに集まってきた。行列は庭に収まりきらず塗《ぬ》り壁《かべ》の土塀《どべい》に沿って屋敷をぐるりと回って村のはずれまで延び、ケケチさえずる夏あざみの茂みと桑畑《くわばたけ》を横切り街道に沿って小さな橋を渡り峠《とうげ》を越えた向こう、遠く吉備津《きびつ》の港まで続いた。

列をなす者は皆、天下に名をとどろかせた希代《きたい》の英傑《えいけつ》と鬼から取り戻した宝物見たさにそわそわと浮足立《うきあしだ》ち、頰《ほお》を赤く染めいつもよりも心なしか大きな声でよくしゃべり、中には歌いだす者、喧嘩《けんか》を始める者、交尾《こうび》を始める者、浮ついた気持ちで羽目《はめ》を外したつもりが思いがけずうまが合い祝言《しゅうげん》を挙げ夫婦となる者もおり、げんに屋敷の周りには市がたつだけでなく簡素《かんそ》な家や阿弥陀堂《あみだどう》や売春宿《ばいしゅんやど》や賭場《とば》や墓場《はかば》が立ち現れて、そこから出るごみの処理《しょり》や地代《じだい》を巡る問題、さらには畑を荒らされただの勝手に水を引いただのと地元の者との争いが絶えず、夜襲《やしゅう》により何度も取り壊されたものの、またすぐに好き勝手する者が現れときりがなく、誰が諦めたのかさえうやむやのまま村と流れ者は呑《の》まれあいごった煮《に》のよう。

鬼退治の御褒美《ごほうび》にと郡司様《ぐんじさま》があつらえた屋敷は伽藍屋根《がらんやね》におもかじきを備《そな》えた見事《みごと》なもので、それは一抱《ひとかか》えもあったので運ぶのに必要な八つの梯子《はしご》から人《にん》夫《ぷ》が次々に転落《てんらく》したが不思議《ふしぎ》にかすり傷《きず》一つないどころか子宝《こだから》にも恵まれたと伝え聞いたと宮大工《みやだいく》は熱心にその話を桃次郎に語りながら、横目でちらちらと宝物がしまいこまれた蔵《くら》に目をやってしまうのをやめられなかった。蔵は蔵でこれまた立派な数珠《じゅず》掛蛇髪女面瓦《かかりへびがみにょめんがわら》がしつらえてあり、いかめしく恐ろしげでありながら奇妙に美しい石の女の目をまともに見てしまった宮大工は慌ててえんがちょを繰り返し、「こりゃ早いとこ龍泉《りゅうせん》さんで滝行《たきぎょう》せな」と独りごちた。

その屋敷を出てすぐの垣根《かきね》の前で、駆け足の犬がひっくり返りそうなほど顎を反《そ》らせ、行列を見下ろすように行ったり来たりしていた。その犬が鬼退治をしたことは誰もが知ることであり、ある者はゆっくりと、ある者は慌てて頭を下げる。なのに動きが妙にそろっているのが面白く、犬は何度も行ったり来た

そば

りして行列の脇を走り抜けた。

「はみだすでない、はみだすな。すっきり並べすっきりと」

犬が声を張りあげる。

御君が話を聞くことができる者はせいぜい日に二十人ほど。じっくり吟味《ぎんみ》したいのだ。押し寄せてくる者どもは日に百人以上。いやもっとだろうか。いっこうに終わりが見えてこない。この先もずっと。なにしろ減っていく者より増えていく者の方が多いくらいだ。これはたしかなことだ。宝物の数に照らせば、ほとんどが嘘《うそ》つきである。わかりきったことだ。わかってはいるが、しかし大変なことだ。犬は胴をぶるんと震わせた。

俺の勤めは列の乱れを整え喧嘩いさかいあれば丸く取りなすこと。だがな、だが少しでも御君の負担を減らせたらと、そう犬は思うのだった。

「やいやい、本当に宝を奪《うば》われたのか？　嘘つきはためにならんぞ嘘つきは」

たまたま目が合った熊娘《くまむすめ》の腕をつかみ行列から引っ張り出す。

「おいお前、鬼になにを盗まれたと言うつもりか」

熊娘はええ、とつぶやき、続けてなにか言いかけ、口を半端《はんぱ》に開いたまま言葉が出てこない。しょぼしょぼさせたしじみ眼《まなこ》を囲うダニ目ヤニ。頭の鈍《にぶ》い証拠《しょうこ》だ。よくよく見れば毛づくろいも甘く、おそらく処女《しょじょ》である。

こんな奴ばっかりだ。長い行列を見かけて、並ばないと損《そん》をするかもしれないというだけの、なんとなくここにいるだけの、盗まれた宝物などはなからない、頭の鈍い熊娘が御君をわずらわせて良いわけがない。断じてない。

「なにを盗まれたのだ、言え、言わんか」

「富士御神火紋黒黄羅紗陣羽織《ふじごしんかもんくろきらしゃじんばおり》でございます」

ひるんだ熊娘が早口だったせいで犬は最後まで聞き取れなかった。しかし聞き返せば弱みを見せることになるような気もする。そんなことがあれば、俺の、いや御君の威信《いしん》を損なうということになりはしないだろうか。

フジゴシンカ、急いで聞き取れた部分を頭の中でなぞってみる。フジゴシンカ、舟に積まれた宝の中にそんなものがあっただろうか。知りようがない。フジゴシンカがどんな宝物か見当がつかないのだから。

なぞられすぎたフジゴシンカがぴかぴかになり、ようやく犬は行列に並ぶ面々にじっと見られていることに気がついた。見られていると思うと尾が丸まり、吹き出た汗で体中の毛がしなだれる。しかし犬はひらめいた。蔵の中に熊の匂《にお》いのする宝物はひとつもなかった。断言できる。やはりこの熊娘は嘘つきである。そのことを、犬は安堵《あんど》からくる優しい声でゆっくり、愚鈍《ぐどん》な熊娘にもわかるように教えてやった。

「おっしゃることはわかります」

熊娘は目をしばしばさせた。

「しかしながら、あれはそもそも死に別れた亭主《ていしゅ》が身に着けていた物でございます。亭主は人、陣羽織に熊の匂いがしなかったのも無理な話じゃございません。わからないのは、お兄《あに》い様がどうして熊の匂いがしない、たったそれだけをもってあちきを嘘つきと決めつけちまうのか、ということでございんす。鬼が袖《そで》を通したのであれば、匂いが上塗りされちまうことだってあるでしょうに」

一度にたくさんのことを言われるのは嫌いだ。頭がこんがらかって、ひどく馬鹿《ばか》にされている気がする。熊後家《くまごけ》から漂《ただよ》う酸《す》っぱい匂いに苛立《いらだ》ってきた。

「口答えか、嘘つきは匂いでわかるぞ匂いで」

鼻をひくつかせてみせたが、熊後家はひるまず、ずぶとく目をしばたたかせるだけだった。

「無理が通れば道理が引っ込む。威張《いば》りちらして吠《ほ》えりゃ筋《すじ》が曲がるってえ法はねえ。めでたしめでたしで、幕引《まくひ》きとはいかねえこの浮世《うきよ》。富士御神火紋黒黄羅紗陣羽織は、風一つ吹かぬしがない余生《よせい》に身を置く者にとっちゃぁ、そんじょそこらの宝物たあわけが違うんだ。山あり谷あり地獄《じごく》あり、花も嵐も踏み越えて相撲《すもう》の稽古《けいこ》で結《むす》ばれた鉞《まさかり》担《かつ》いだあのしとは、あちきの七生《しちしょう》の大団円《だいだんえん》。どうしても返せないってんなら、真冬《まふゆ》の木枯《こが》らしすら優しかった決まり手の口づけ、あの口あの頃あの刹那《せつな》にこのあちきを封じこめておくんなまし」

熊姉御《くまあねご》の剛毛密《ごうもうみつ》なる巨大な腹がせり出してきて、犬は我知《われし》らず後じさりする。行列から「匂い匂いって、鬼だっていっぺんくらい洗濯《せんたく》したかもしれないじゃないか」「大晦日《おおみそか》にうちのおっ母がぶっこいた屁《へ》の匂いもわかるってえのかい」などと声があがり、幾重《いくえ》にも重なりあうしのび笑いが犬を包み圧《の》しかかる。

犬はかっとなり、というか理屈が通じぬほど怒り心頭《しんとう》であると見なしてもらうほかにこの場を切り抜ける道はなく、やむなく必死にかっとなり、熊姉御の腕をひいて村はずれの萱場《かやば》まで連れ出し、尻を蹴《け》り飛ばしてやった。

「どうしてもと言い張るのなら、もういっぺん並び直せばよかろう」

口惜《くや》し涙《なみだ》にくれる熊姉御は皆にいたく同情され、見かねた白粉婆《おしろいばばあ》が順番《じゅんばん》を譲《ゆず》ってやったほどだった。それでも亡き夫が黒真珠《くろしんじゅ》と称《たた》えた自慢《じまん》の鼻が待ち疲れのためにすっかり潤《うるお》いを失い、かさかさにひび割れ、もはや軟膏《なんこう》が手放せないほどになり、ようやく熊姉御は屋敷の門をくぐることができたのだった。

雨の後の蒸《む》し暑《あつ》い午後で、柿《かき》の木の陰にいるのに猿は汗をかいていた。経《きょう》机《づくえ》の上に汗が落ちないよう首から下げた手拭《てぬぐ》いで何度も顔を拭き拭き、宝の名がびっしり記された目録《もくろく》をめくった。

如意宝珠《にょいほうじゅ》、打出《うちで》ノ小槌《こづち》ニ隠《かく》レ蓑《みの》、鼻高扇《はなたかおうぎ》ニ天《あま》ノ羽衣《はごろも》。

珊瑚《さんご》ニ真珠《しんじゅ》、玉虫《たまむし》ノ厨子《ずし》、螺鈿《らでん》ノ琵琶《びわ》ニ飛《と》ビ筵《むしろ》。

宝下駄《たからげた》、聴《き》キ耳頭巾《みみずきん》、蛇含草《じゃがんそう》、食《しょく》ス辣油《らーゆ》ニ火鼠《ひねずみ》ノ毛皮《けがわ》。

金銀《きんぎん》タイマイ、花咲《はなさか》ノ灰《はい》、大判小判《おおばんこばん》ニ尻鳴《しりな》リ座布団《ざぶとん》。

苦《にが》ヨモギ、硝子《がらす》ノ靴《くつ》ニ毒林檎《どくりんご》、金《きん》ノ卵《たまご》ニ踏心地良《ふみごこちよ》キ青竹《あおたけ》。

紅瓢《べにひさご》、竜宮《りゅうぐう》ノ半券《はんけん》、翡翠玉《ひすいだま》、木乃伊《みいら》ノ孫《まご》ノ手《て》、瑠璃宝珠《るりほうじゅ》、スカラベ典雅《てんが》ノシゴキ壺《つぼ》。

千里《せんり》ノ沓《くつ》、物言《ものい》ウ鏡《かがみ》、芭蕉扇《ばしょうせん》、黒石《くろいし》、ウドンゲ、狼《おおかみ》の眉毛《まゆげ》。

告暁鳥《あけつげとり》ニ是非枕《ぜひまくら》、坊主《ぼうず》ガ上手《じょうず》ニ屏風《びょうぶ》ニ坊主《ぼうず》描《か》キシ坊主《ぼうず》ヲ屏風《びょうぶ》ニ上手《じょうず》ニ描《か》キシ坊主《ぼうず》ヲ上手《じょうず》ニ描《か》キシ金屏風《きんぴょうぶ》。

塩吹《しおふ》キ臼《うす》、潮満珠《しおみつたま》ニ潮干珠《しおひるたま》、琥珀《こはく》、孟婆湯《もうばとう》、反魂香《はんごんこう》、金羊毛《きんようもう》ニ椰子《やし》澱《お》リ酒《ざけ》。

霊芝《れいし》、蟇石《がまいし》、緋緋色金《ひひいろかね》、蠟《ろう》ノ翼《つばさ》ニ龍涎香《りゅうぜんこう》、千匹皮《せんびきがわ》ニ莫耶刀《ばくやとう》、鼬《いたち》ノ最後屁《さいごっぺ》入《い》リ香箱《こうばこ》……。

次の方ぁと呼ぶ桃次郎の声が響き渡った。

庭に押しこまれた嘆願人《たんがんにん》の列からざわめきがあがり、しかし先頭で白髭《しらひげ》の人《ひと》翁《おきな》はじっと動かない。待たせすぎなのは猿にもわかっていた。不貞腐《ふてくさ》れているか、眠っているか、いずれにせよ申し訳ない気持ちは変わらない。御白州《おしらす》は鯨幕《くじらまく》で囲ってあるが猿が控える柿の木の真下からはちょっと風でも吹けば正面に門がのぞき、ということは行列に並ぶ者達からもよく見えてしまうわけで、待ちくたびれてくぼんだ彼らの目にさらされ続け、念仏《ねんぶつ》のようにすまぬすまぬと口の中で繰り返すうちに、ささいなことでも良いから埋めあわせの機会があればそれに飛びつくほどになっていた。

猿は日ごろから庭をうろついている水売《みずう》りを呼びとめて、小銭《こぜに》を握らせた。

「そのお年寄りに一杯やってくれ」

水売りが肩を揺するとびんずる頭がむくりと起きあがって、猿はほっとする。肩幅《かたはば》の狭《せま》い、痩《や》せた人翁はなにかごにょごにょ言いながら水を受け取り、思いがけなく機敏《きびん》な動きで飲み干し、縁側に鎮座《ちんざ》する桃次郎の前へと進み出た。

桃次郎が日《ひ》の丸《まる》の扇子《せんす》を閉じて、ぱちんと膝《ひざ》のあたりに打ちつけた。

――ではなにをお求めか。

「美人の屏風でございます」

年寄りが息をするたびに喉の奥で痰《たん》がふるえる音がした。

――それなら大切に蔵にしまっております。

それきり桃次郎が押し黙ってしまってからどれくらい経っただろうか。語尾《ごび》を飲むように語り終えた余韻は御白州からとうに消え、猿は半身《はんしん》が日差《ひざ》しにさらされていることに気づき、去りゆく陰を追いそうっと経机を動かす。

白髭の人翁が恐る恐る桃次郎を見あげ、浅黄《あさぎ》の着物の裾《すそ》が見えたところで慌てて身を伏せる。

「あの美人画は、私が描かせたものでございます。

妻の一番美しいその時を絵にしたいと考えたのです。御覧《ごろう》じて御存知《ごぞんじ》の通り地黒《じぐろ》ですが、気立ての良い女でした。それよりなにより、お尻の大きなこと大きなこと。反り腰かつ安産型《あんざんがた》、東大寺《とうだいじ》の盧舎那仏《るしゃなぶつ》にも引けを取らぬお尻でございます。

できればお前の生まれながらの姿を絵に写し、なにが私を引きつけ離さないのか、お前の尻の秘密《ひみつ》を余《あま》すことなく明らかにし、立ち戻ってそもそも尻のなんたるかを知り、さらには時を超え多くの人々に見てもらい願わくばこの思いを分かちあいたしと、そう我が妻、八重《やえ》に申しましたところ、恥ずかしいと、まあ拒まれまして、頬を赤らめる様子もまたかわいらしく、すると困ったことに八重の尻を誰かに伝えたいという思いはさらに深まるという具合で、いやそこをなんとかと頼みこむこと半年はかかりましたでしょうか。

裸《はだか》は駄目《だめ》でも濡れた薄衣《うすぎぬ》を体に貼りつかせた姿で絵にしてもらうということでどうにか承知してくれまして、伝手《つて》をたどってようやく都《みやこ》の絵師《えし》を呼び寄せ、額を突きあわせて工夫《くふう》に工夫を重ねることさらにひと月、よし題目《だいもく》は見返り美《び》神《しん》の誕生《たんじょう》でいこうじゃありませんかと、大きなシャコガイを取り寄せその上でこちらに堂々たる尻を向けちらと振り返る姿を写しましょうと、右の目じりのほくろが色っぽいので右肩越しでいきましょうと、心持ちうつむき加減《かげん》でお願いしますと、顔が隠れぬよう右耳に髪をかけ反対側はその逆に、豊かに踝《くるぶし》まで垂《た》らすがおつでしょうと、そこまで決めてさあいよいよという時に、八重は行方《ゆくえ》をくらましました。

逃げたんです。件《くだん》の絵師と。

あんなにかわいかった八重。尻が大きくて優しい八重。八重ちゃん……」

白髭が震えていた。

「わたしのなにがいけなかったのでしょうか」

行列から湧く泣きの清水《しみず》に呑まれ、猿まで涙ぐんでからどれほどたっただろうか。頬はとうに乾き、猿はまた半身が日差しにさらされていることに気づき、去りゆく陰を追い経机を動かす。

人翁がおずおずと猿を振り返る。うなずいてみせると顔の下半分を覆う白髭にぼこんと深い穴が開く。

「八重を奪った絵師が残していったのが、あの美人画でございます。罪滅《つみほろ》ぼしのつもりだったのでしょう。絵の中の八重ははにかみながらも仁王立《におうだ》ち、堂々たる尻をこちらに向けております。あの恥ずかしがり屋の八重が素《す》っ裸《ぱだか》でねえ。絵は、ご覧になられた通りの素晴らしい出来栄《できば》えでした。心憎《こころにく》くも当人の大尻よりさらに二割増し、ゆうに夢見《ゆめみ》をしのぐほど。妬《ねた》み嫉《そね》みも吹き飛んで、ええじゃないか、絵でええじゃないかと、爾来幾十余年《じらいいくじゅうよねん》、地元や隣村《となりむら》たまに町での辻立《つじだ》ちはもとより、寄り合いや祭りなど人が集まると聞けば駆けつけ、美人画を披露《ひろう》してまいりました。郡司様にありがたくもお褒めいただき、お迎えが来る前に屋敷を売り財産をまとめ津々浦々《つつうらうら》、尻見《しりみ》せ行脚《あんぎゃ》してまわろうかと考えていた矢先《やさき》に、鬼の押しこみに遭《あ》った次第《しだい》でございます。

命拾《いのちびろ》いはしたものの、あれを奪われては息をするのもままならず、急ぎ若い娘を娶《めと》りました。白状《はくじょう》しますとほとんど買い取ったようなものです。名は桂《かつら》といい、お察しの通り尻の大きな女です。半年一緒に暮らしましたが、駄目でしたね。年寄りとの暮らしがつまらなかったのでしょう。昨年里に帰しました。

銭《ぜに》も無駄《むだ》にしましたが桂にも悪いことをした、余計《よけい》なことをしたと悔《く》いております。さとった時にはもう遅かったと申しましょうか、若い私と若い八重だから良かったのでしょう。美人画に身をやつすうちに、ずいぶん遠くに来てしまいました。大きな尻も、シャコガイも、都の絵師も、埃《ほこり》をかぶった昔話《むかしばなし》、そう割り切ってしまえたらどんなに良いか。

形にするとは閉じること。その扉は必ず内側から閉じねばなりませぬ。思えば八重の尻を美人画に閉じこめたその時に、この私も閉じこめられておったのです。

どうにも尻に目がない尻狂《しりぐる》い、一寸《いっすん》までこの身を縮《ちぢ》め姫君《ひめぎみ》の大きな尻に敷《し》かれたし、来世《らいせ》こそは程《ほど》よく肥《こ》えた尼《あま》さんの座禅布団《ざぜんぶとん》になりたしと常々願うこの尻取《しりとり》の翁、美人画を返していただけないとなれば、また愚かなことをしでかすことでしょう。もう私にはあれしかないのでございます。

おらが秘蔵《ひぞう》の春画《しゅんが》を庭で燃《も》やす母を見た幼《おさな》く辛《つら》い思い出、男と生まれたらば当然誰もが胸に秘めておるものでございます。老《お》い先短《さき》いこの男を哀《あわ》れと思うてくだされば、どうか、どうかなにとぞお情けを」

桃次郎は半ば開きかけた日の丸の扇子を膝に置き、空に目線を投げたまま寝《ね》息《いき》に似た深い呼吸を繰り返すだけだ。人翁は縁側を盗み見た。桃次郎は目を細めているのか閉じているのか、二間離《にけんはな》れた人翁には見分けがつかなかった。それどころか桃次郎が眠っているのか起きているのかもわからず、人かあるいは置物かすらわからなくなり、ふいの尿意《にょうい》を覚えながら猿を振り返った。

その美人の屛風にそなたの名、もしくは印《しるし》でも、なにか証《あかし》を立てるものはないかと、雨乞《あまご》いでもするような顔つきで猿がたずねた。

「いえ、なにも」

猿は木陰から肩を落として帰っていく人翁を見送った。先刻《せんこく》と寸分《すんぶん》もたがわぬ桃次郎の声が御白州に響く。

――次の方ぁ。

これまでに宝物を受け取ることができた者はいない。たったの一人も。岩のごとく押し黙る御君を前に、嘆願人は波のように砕《くだ》け散る。こうして猿は日ごと誰かの背中を見送り、夜ごと夢見に宝物のすすり泣きを聞く。申し訳ない気持ちはつのるばかりで、しかし猿にできることはほとんどない。猿は腕の毛をむしり恨《うら》めしげに御白州を見つめた。

次の嘆願人がまたもや桃次郎にこっぴどくやられていた。

対等な関係を良しとし譲りあうことが身に沁《し》みついているがゆえに、変わりばんこにしゃべる癖《くせ》のある人兄弟《ひときょうだい》が、桃次郎の沈黙と虚無《きょむ》の目線に耐えきれず、潮満珠と潮干珠を返してほしいと訴《うった》えては卒倒《そっとう》し、目覚《めざ》めてまた訴えては卒倒しを変わりばんこに繰り返し、とうとう泡を吹いて犬によって御白州から運び出されていく。

なぜ、あのように。

御君の慈悲深《じひぶか》さはこの目で見てきた。早とちりで冬ごもりから目覚め凍《こご》える痩せ蛙《がえる》を見かければわざわざ足を止めて埋め直す。通りがかった村の井戸《いど》が涸《か》れていると聞けば、新しいのを掘ってやる。猫のお産に立ち会う。人柱にされるという娘に泣きつかれれば、身代わりに埋められてやる。腹を下している旅人に出会えば、尻をぬぐうための大きな葉を探しに山に分け入っていく。あの雉殿だって山で飢《う》え死《じ》にしかけていたところを黍団子《きびだんご》で救われたのだ。そもそも我らのあの旅は、鬼を倒し取り戻した宝物を民草《たみくさ》に返さんがためではなかったのか。

縁側の上でなにかを思いだそうとしているような、してないような、目を閉じて首をかしげる姿からはなにも拾いあげられず、猿は宝物がいっこうに人々の手に渡らない理由を自分でこしらえねばならなかった。

ともかく宝物に対して群《むら》がる者が多すぎる。私だってその浅ましさには辟易《へきえき》してるし、万が一でも嘘つきに宝物を渡せば、正直者が泣きを見る。時には大きな面倒を引き起こすことになろう。間違った相手に渡さぬために心をくだいておられるのだ、といった具合に。

毎夜毎夜、御君自ら蔵で寝泊まりまでして宝の番をしているではないか。これも仕方がないのだ、おろおろすることはない誰も責めはせぬ、だって私が決めることではないのだから、いや私は御君を信じているのだ、ひょっとして御君はひどくお疲れなのかもしれぬ、きっとそうだ。長旅と鬼退治でお疲れなのだ、といった具合に。

第三章

遠ざかったかと思えばふっと耳元で唸りをあげる馬蝿《うまばえ》が、猿を苛立たせていた。蝿とはどうしてこうも落ち着きがないのか。つまみ食いがしたければさっさと用をすませて去ればよいものを、なにを運ぶでもなくあっちこっちと我《わ》が物顔《ものがお》。どっちを向いても蝿だらけ。ほらまた性懲《しょうこ》りもなく煮芋《にいも》の上で手をこすりあわせて。

猿が箸の先で追い払った蝿は、上座の方へと逃げていった。御君はちょうど箸をおいたところで、縁側で南風にかすかに揺れる簾《すだれ》か、庭の築山《つきやま》の奥の三日月を見るともなく見ながら、傍らに置かれた桐の香箱を撫でさすっていた。そこに納められた鬼の大将温羅《うら》の首がまき散らす腐臭に、件の馬蝿とその一味がぶんぶん発奮しそこかしこを飛び回っていた。

いまいましい蝿どもめ。猿は向かいに座る犬を見たが、腐臭も蝿もそっちのけ、御膳に覆いかぶさるようにして低い唸り声を漏らし、鯵《あじ》の干物の骨を取り分けるのに大忙しの様子。

そろそろ頃合いだろうか。

猿が座敷の隅に控えている人娘に顔を向けると、すぐに寄ってきて「あのう、なにか」と言った。

村の者から好きに使ってくれと差し向けられた下女で、名は佳代《かよ》という。ひっつめた髪に白髪が目立つが額の広い幼さの残る顔つきで、ひどく痩せているうえに猫背だからいつも首根っこをつかまれたように後襟《うしろえり》が余っている。猿は懐から取り出した巾着《きんちゃく》を佳代に持たせ、御君に渡してくれと伝えた。

——なにこれは。

袋の中に目線を落とす桃次郎に向き直り、居住まいを正す。

「市場の万代屋《まんだいや》にて求めましたる伊勢《いせ》霊法萬金丹《れいほうまんきんたん》にございます。この世の誰にもできない大事を為したあともお休みもとらず民草に尽くす、さしもの御君でもこれには少々お疲れかと、そのように見受けられまして」

桃次郎は礼を言い、そんなに効くのかと猿に確かめながら脇に侍《はべ》らせた桐の箱から鬼の首を取り出し、その口に薬を放りこんだ。

思わず腰を浮かせた猿を、犬が笑った。

「顔が真っ赤っかだぞ、猿。天下無双の御君が疲れを知ることなどあるものか、いや断じてない。ここまで仕えてきて、いったいなにを見てきたのだ」

「犬殿は外まわりではないか。御白州での御君を見てもそう言えるのか。嘆願人がなにを訴えようが上の空、謁見《えっけん》すること千人を超えてなお、ただの一度も宝物を返すことができず、民草は悲嘆にくれておる。それをわかっているのか、いないのか、置物のようにぼんやり口を開けて」

こいつ、と犬が奮い立つ。

「御君になんたる言い草、思いあがるなエテ公っ」

「取り消せこの知ったかぶりの犬っころっ」

共に旅した家来《けらい》達の諍《いさか》いなどまるで遠い空の下での出来事であるかのように、桃次郎は温羅の首を我が子さながら柔らかく脇に抱え、その口に椀の中身をこぼれないようにゆっくりゆっくり流しこんでいった。鬼の喉を流れ抜けた汁物が床にしぶきを散らせて、犬が耳を立てて顔を向けた。

——あれ、あれ、あれ。

汚れた床にうろたえ慌てた桃次郎が、鬼の唇からこぼれた一筋を見て取り、おおもったいないとつぶやいて長い舌で舐めあげた。

「いやらしっ」

肩をいからせた犬が毛を逆立て、どたどたと畳《たたみ》を踏み鳴らし庭を駆け回り、とうとう屋敷を飛び出して行った。猿は腰を浮かせたまま桃次郎を、犬がひっくり返した御膳を、そしてまた桃次郎を見て、なにか言った。

桃次郎は聞き返す気にはなれなかった。心安く聞ける話ではないのがわかっていたからだ。

分かちあえるのは其方《そなた》だけか。

桃次郎は温羅の髪に指を差しこみ梳《くしけず》りはじめた。いかにも愛おしげなその手つきにあきれ猿は言葉を失った。散らかった犬の食いかけの片付けを佳代がすませると、ようやく桃次郎は抱えた温羅の顔に注ぐ眼差しをわずかにあげて猿に笑いかけた。

――わかっている、お前の暢気《のんき》すぎる憂いはちゃんとわかっている。それで十分ではないか。みみずにはみみずの、おけらにはおけらの、あめんぼにはあめんぼの憂いがある、それはわかるが地虫の憂いを私の憂いとする余地はないのだよ。いまは。

猿の中で桃次郎が萎み、萎んだだけ伽藍堂《がらんどう》が広がっていく。うつむき気味の角度から下がり眉の、額に皺が寄った御君を見るのは初めてかもしれない。なんて情けない顔だろう。腐った鬼の首を片時も離そうとせず、家来にかける言葉は虚《うつ》ろ。なにが言いたいのかさっぱりわからない。鬼ヶ島のある東の空を見すえていた、あのどこまでも澄んだ眼差しはどこへ行ってしまったのか。

犬の気持ちもよくわかる。

おおかた清風そよぐ鎮守様《ちんじゅさま》の竹林にでも籠もり存分に暴れ、うっぷんを晴らしているのであろう。あそこがお気に入りなのだ。体中あちこち蚊《か》に食われているのを見れば、嫌でもわかる。しかしいつだって御君のお役に立ちたいという根っからの性分から、知らず知らず身のこなしは稽古に成り代わっている、そういう立派な奴だ。

こうあらねばならぬという思いが極まると身の丈より大きく見せようとするきらいはあるものの、裏を返せばそれは線の細さの表れで、御君の矢となり盾となるだの一人一殺《いちにんいっさつ》だの、なにかと勇ましいことを吠え散らかすのも、腹の底の底では自分を軽く見積もるあまりに命を形代《かたしろ》にした博打《ばくちう》打ちのようなもので、負けが込めば誰かを道連れに華々しく散ることでどうにかとんとんに持っていくことを夢見る、そんなどこにでもいる若者らしい危なっかしさといえる。

　時としてあのように取り乱すのはおそらく家来の中で奴だけが野良ではなく、黍団子と引き換えに犬売りの店で譲られたということと無関係ではなく、箱入りゆえの世間知らずは言うに及《およ》ばず、あるいは育ちすぎ、ぎゅうぎゅう詰めの格子から頬の肉がはみ出すほどの売れ残り、あるいは御供に加わった後もしばらく思いこみが抜けず、体が箱型に固まっていたため、行く先々で腰掛けと間違えて座る者が相次《あいつ》いだことを恥じるというような上っ面の話のみならず、お前は誰かに仕え愛されるのだと、物心つく前からそう育てられたゆえに家来の中で誰より御君になつき、誰より苦しんでいるゆえなのだ。奴の身の上を思えば、我々はもっともっと遠回りをするべきだったのかもしれない。永遠に終わらぬ旅なら良かったのかもしれない。

　首を納めた香箱を大切そうに抱えて、御君が座を離れる。

「蔵ではじゅうぶんに疲れが取れませせぬ。宝の番ならこの猿に申しつけくだされば」

　猿の声は届かない。

　おやすみ、というぼそぼそした御君の声は、下膳を命じられた佳代が控えの姿勢を崩したそのかすかな衣ずれで、すぐにかき消されてしまった。

犬はまばゆく迫ってくるような星空の下、いやらしっ、いやらしっと吐き捨てながら土塀に何度も頭を打ちつけていた。強く打ちつけるたびに頭の中で星がはじけ、幾重にもぐるぐる巡る色とりどりの輪の中で、妖しくも美しい温羅の唇を舐めあげる御君の細長い舌が、ちょろりちろちろ揺れている。

畜生奴《ちくしょうめ》っ、鬼のくせに女みたいな顔しやがって。まったく、飛びきりに調子が狂っちまう。あの首と御君が向きあう、相対するそろいの美しさときたらもう。

ちょろりちろちろ。

いつまでも見とれていたいが、裏の池に湧いた無数のやぶ蚊の唸りが生温かい夢をかき乱す。腹から飛び出した親指ほどの臍《へそ》には、もはやガマの穂と見まがうほどに群がっていて、しかし心の一番奥ではいつだって誰かに叱《しか》ってもらいたい犬は、あえて刺されっぱなしにした。

じっとりと湿った裏庭は犬のお気に入りの場所だった。目線を放り出せば、母屋の向こう、蔵の屋根の上で蛇頭を逆立て睨みをきかせる女面瓦のまわりに群がる人影が腕を伸ばし、暗い空に浮かぶ薄く開かれた唇に似た月をこじ開けようとしていた。そのように見えた。屋根だけでなく、あたりには物言わん石にされた盗人どもが、怯え逃げ出そうとしたままの姿勢で月明かりに照らされていた。

稿眼《こうがん》にやられたのだ。

ひとたび御君がお怒りになれば額に魚に似た目が開き、睨まれた者はたちどころに石と化す。御君の仕置きは容赦ないように見える。並の者にはそう見える。しかし俺のように、罪人が石にされる寸前に必ず額に角が生えることに勘づいている者はどれだけいるだろうか。いったん鬼にしてから石にするという、大変まどろっこしいことをしているわけで、このひと手間に御君の優しさが垣間見えるのだ。こうでもしないと仕置きする気にならないという、そんな優しさが。

さらにさらに、ここまでやってさらに御君は、決まって魂と体の一部だけは石にしないで残しておく。どれだけの悪人だろうが、すべてを奪うことをためらわずにはおれぬ。なんといじらしい、生きとし生ける者への慈悲だろう。もはや我ら凡夫には到底理解が追いつかぬほどだ。

小指の爪の付け根や尾の先っぽ、耳の後ろや唇、背中と腰の間のあたりや臍や耳たぶだけ生身のまま、裏の池に湧く蚊に存分に吸血されながら、顔をゆがめることも身もだえすることもない生ける石像を見た猿はあまりにも残酷だと嘆いたが、俺はそうは思わない。

身動きもとれず果てのない年月を過ごすうちに前触れもなく訪れる、途方もない痒《かゆ》みが癒されるその時を俺は思う。そう、そこ。ちょうど良い力加減で掻いてもらうことを思うだけで腰から下が吹き飛んでしまいそうだ。体中を駆け巡るあまりの喜ばしさに魂ごと粉々に砕け散るその日を、いつか誰かの爪が、なにもかもこそげ落としてくれるその日だけを、彼らは静かに待っている。

そのひたむきさを美しいと思う。うらやましく思う。待てば待つほど勝ちだ。長く期待していられるし期待は無尽蔵《むじんぞう》に膨れあがっていく。

砂利《じゃり》を踏む音に耳をそばだてる。蔵の観音開きのきしむ音、こもった咳払い。今夜も蔵で眠るおつもりか。なにかぶつぶつと、このごろ独り言が増えた。

蚊に刺されてでんでんに腫《は》れてひん曲がった臭くて無様な臍をひっかく爪は、桜色の貝殻のようにつややかでなければならない。薄い笑みを浮かべ俺を快楽で粉々にするのは御君でなければならない。御君の桜色の爪が俺のいちばん良いところをこりこりこりこりこりこりこりこりこりこりこりこり。

夢に霞《かす》んだ犬の瞳《ひとみ》が見あげた夜空を、佳代も目を真ん丸にして見張っていた。たすき掛けで大きなたも網《あみ》を掲げ持ち、いつでも駆けだせるよう腰を落として、まとわりつく藪蚊にさいなまれていた。下膳がすんだ後、池のほとりで雉を待つのは佳代の勤めの一つだ。

庄屋の旦那様《だんなさま》に桃次郎屋敷の奉公を言いつけられた時には戸惑ったが、いざ仕えてみるとむしろ性に合っていたようだ。たしかに使用人は佳代一人だから忙しいことこの上ないが、誰にも指図されず自分で采配を振ることができる気楽さの方がはるかに勝る。屋敷にすっかり慣れて、いまや庄屋に出戻ることになったらどうしようと悩むほどだった。

そんな佳代でも、この空を見るお勤めだけは飲みこむのに時間がかかった。空から雉が落ちてきたら、桃次郎様の待つ蔵へ送り届けるのだ。

ああ見えた。月光で薄まる闇《やみ》に、役目を終えてへとへとに疲れきった雉が、風にあおられきりきり舞いしながら屋敷に降り立とうともがいている。精根《せいこん》尽きたのか宙でぱたりと羽ばたきをやめ、裏の池へと真っ逆さま。しぶきとともに沈みこみ、見守っているとずいぶん経ってからぷかりと浮かぶ。たも網ですくいあげれば、羽根はほころび体のあちこちを血で汚して、すっかり骨が溶けてしまったようにぐんにゃりと気を失っていた。

いつもこうだ。いつも同じ刻に、空から雉が落ちてきて池に飛びこむ。

佳代はまず鋭い蹴爪《けづめ》に触れないよう気にかけながら、両脚に縛りつけられた鉢巻きに取りかかる。きつく食いこむ鉢巻きに手こずるが、ほどなく雉の足は自由になった。かまうものかと思う。鉢巻きには触れるなと言いつけられてるけど、見ていられない。いったいなぜ、こんなひどいことをするのだろう。桃の印の鉢巻きは、血と汗でうっすら朱色に染まり、それは雉の脚からにじみ出たものだ。いつも擦《す》り剝《む》けて痛々しい。体中ひどく汚れて、あんまり臭くて、えずいてしまいそうになる。

抱きかかえた雉の羽根の間で小さな虫がうごめいているのが見えた。つまんでみたら黄色から橙色に近づくほどに肥え太った蛆虫《うじむし》で、まさか怪我でもしたかと羽根をまさぐってみると、痛くないどこも痛くないと目覚めた雉が笑って身をよじりながら逃げ出し、とととっと歩いたかと思うと、すてんと転んだ。

どなたか存じ上げませんが助けていただきかたじけない。

いつも同じことを言う。本当になにもかも忘れてしまって、同じ毎日を繰り返している。本当にそんなことあるだろうか。

しかし何度も繰り返されるかしこまった礼を、佳代はあきれ半分に待っていた。いつもの雉の言葉を聞くと、なぜだか疲れを忘れ気持ちが開けた。

佳代は雉を母屋の縁側まで運び、首を支えてぬるま湯を張った盥《たらい》にそうっと浸からせた。羽根や脚や嘴《くちばし》にこびりついた血や泥《どろ》やなにかよくわからないものが、湯の中をくねりながら溶けだしていく。しばらく湯につけた後、指の腹で背骨の上をそっと撫でていく。そうすれば　雉の心の奥深くまでのぞき見ることができるような気がして、ゆっくり丁寧に、こするのではなく優しくなぞりあげる。

それから佳代は我知らず鶏を捌《さば》くのと同じ手順で、青の濃淡が鬼火《おにび》のように揺れる首、風に揺れながら日差しを空へ返す若草色《わかくさいろ》の腹、寂しく素朴な背中、弾むようなたくましい脚の付け根と丁寧に時間をかけて洗っていった。昼の間、大勢の人が出入りしていたのが嘘みたいな、しんと静まり返る庭を望む縁側で、聞こえるのは盥の湯が波立つひそやかな音だけ。

黙々と手慣れた仕事をこなしているから、献身的な行いに心を酔わせている

から、佳代の立ち居振る舞いはどこか儀式めいていた。目を閉じなすがままの、呼吸すら控えめに見える雉に向きあうと、静けさが心の中まで染み入る気がした。

雉の体に慣れすぎて、そこを滑らせる指は勝手に動いているようで、水面を境にわずかに折れ青白く、まるで他人事《ひとごと》のように見えて、見ていることもまた他人事であるかのように、佳代の心は眠る雉を抱えてすっと縁側を降り庭を抜け出し、静まり返った夜更けの街道へ出て橋を渡り、野を抜け山に分け入りさらに先へ先へ。生まれ育った炭《すみ》焼き小屋も見えたが顔も出さずにもっと遠くへ。鯛《たい》が目の前を横切り気がつけば海の中、桃次郎様と大きな亀《かめ》の背に乗っていた。桃次郎様、その後ろにあたし、二人の重さをものともしないで、亀は力強く水をかきわけていく。竜宮城のきらびやかな光が遠のいて、ということは、これからあたしは浜にたどりついてしわしわの、すっかり歯の抜けた結い髪のお婆さんになる。少しだけ寒い。どうしてこんな見も知らぬ所にいるのか、思いだせない。なにかに追いかけられていたのだろうか。

桃次郎様が玉手箱《たまてばこ》を捨てた。あっと思い、あぶくもろとも深く暗いところへひらひらと沈んでいく黒漆《くろうるし》が時おり艶《つや》めくのを目で追ってたら、桃次郎様が陣羽織ごしに、帰らなくてはならないという思いこみは捨てなさい、と言った。

それくらい遠い所へ来てしまったのだからと。

そんなのありですか、と佳代は思う。

亀がへっへと笑い、さんざんお楽しみになっておいて、そりゃあ通りません
ぜ旦那、と甲高い声をあげる。

――たしかにちと長居しすぎたな。切りあげ時をすっかり見失っていたらしい。本来儚《はかな》く、あぶくのように湧いては儚く終わりゆく三千世界《さんぜんせかい》は鬼退治をしてめでたしという大枠を同じくして、なおいっとして同じものはない。千年二千年過ぎればなおさらであろう。私が私のまま、お前がお前のまま、言葉がこの言葉のままでいられるなど、あろうはずがない。そう思わぬか亀よ亀さんよ。

亀はなにも言わない。口をぱくぱくさせて、あぶくを吐き出すだけだ。よくよく考えてみれば亀ってどんな声で鳴いたっけ、そもそも鳴いたっけ。佳代はわからなくなる。

音もなく亀の頭と手足が抜けた。と思えば真っ白な骨になってもろく崩れていく。残ったのは隙間だらけの白っちゃけた甲羅《こうら》だけだ。いやなきしみを腰の下に感じながら、帰らないならどこへ行けばいいのかと怖くなる。

——案ずるな。自分がどこへ向かっているのかなど、誰一人知らないのだから。

そんな夢を見ながら佳代の手は雉を丁寧に丁寧に洗っているのだった。

無事で良かった。でも昨日と今日と明日がまるっきり一緒なんて、やっぱり信じられない。今日は蛆虫をもらってきたではないか。怪我をすることだって、命を落とすことだってあるということだ。

尾羽根の裏側をゆすいでいた佳代の手がつと止まった。

雉様が毎日どこへ行ってるのか、知ってる。なにも聞かされてなくたって、真っ青な返り血を見れば私でもわかる。

鬼ヶ島だ。鬼の残党と、来る日も来る日も戦っているんだ。鬼ヶ島は遠く、急ぎ歩いても丸一日かかると聞くし、では空飛ぶ雉にやってもらおうという道理になるのはまあいい。まだ鬼を退治できてないと知れたらなにかと都合が悪く、こっそりやりたいのかもしれない。それもわかるが、だからといって雉一人をこんな目に合わせていいものか。雉だけに面倒を押しつけて卑怯ではないか。猿も犬も桃次郎様も、この私も。

佳代は雉の体を拭き清め、その両脚を桃印の鉢巻きでゆるく縛り直した。

さあ、桃次郎様がお待ちです。

雉を蔵へ送り届け、重たい観音開きを閉じる前から、桃次郎の声がどうだったと急かす。少し間があり、虫の音にも負けそうな自信なさげな雉の声が続いた。

いいえ、なにも。

十も数えぬうちに、蔵の扉が開き、桃次郎様の物憂げな声がご苦労というのがかすかに聞こえた。自由になった脚で暗い裏庭をよたよたと戻ってきた雉を、佳代はそっと抱きあげた。縁側で痩せた月を見ていると、それまで膝の上でじっと動かなかった雉が首をもたげて湯浴みに使った桶をのぞきこむ。蛆虫が一匹浮かんでいた。

それにしてもどこでもらってきたのだろう。

きっと鬼ヶ島でしょう。

そうだね、言われてみるとそんな気もするね、私の体に乗り換えて、ここまで運ばれてきたのだなと、雉は目を丸くして蛆虫を見つめ、その黒く濡れた目に映りこんでいた佳代はふいにたまらなくなり、がひゃあっという獣じみた声とともに、その場で飛びあがった。それは実に子供じみた怒りの噴き出し方で、それだけに純粋だった。

第四章

　桃次郎は宝を独り占めにしようとしている。

　民の中にそう考える者が現れるのは当然で、村人および行列に並ぶものの八割がたはそう考えていた。あるいは英雄気取りをいつまでも続ける様が見苦しいとやっかむ者もいた。宝に群がる民草を集め、なにがしかの思想信仰をもった集団をこしらえたうえで、この国を乗っ取ろうとしているやもしれぬ、日ごろから領地と自身の立場の安寧《あんねい》に心を砕く地頭《じとう》はそうも案じた。

　地頭は醜聞《しゅうぶん》をでっちあげて評判を落とすのはどうかと考えたこともあったが、そうするまでもなさそうで、これでは宝を鬼に取られていた時と変わらないという陳情《ちんじょう》とも陰口ともとれる声をずいぶんと聞いていた。桃次郎を討伐《とうばつ》すれば話は早いなどと乱暴なことを唆《そそのか》してくる公家《くげ》や僧侶《そうりょ》もいたが、天子様《てんしさま》をも悩ませた鬼ヶ島を平定する桃次郎とその家来に手持ちの軍勢をぶつけたところで、どうにかなるとも思えず、また唸りをあげる財に群がる者は後を絶たず、連日の行列のおかげで村は大層《たいそう》潤っており、その事をもってしてもまた地頭は判じかねていた。

ところで、桃次郎には親がいた。川で桃次郎を拾いあげ育てた、昔からこの土地に住む老夫婦だ。

鬼を討伐し村へ戻った桃次郎は、老夫婦に温羅の首を捧げるようにして見せた。青い血でおぞましく汚れた温羅の顔に、無残にえぐられた二つの洞が開いていた。そこにあるはずもない両の目玉がゆっくりと動き、爺様《じいさま》から婆様《ばあさま》、そして爺様へと交互に見つめたような気がした。

よくやった。

震える声を悟られぬよう腹に力をこめて言った。

爺様が生首を見たのは、七つの頃以来だった。良く晴れた空の下、山賊の夫婦と十三人いた子どもらの首が、河原の晒し台の上に並んでいたが、どれも顔がゆるんで頬から唇から、肉がだらしなく垂れ下がって深い皺を作り、ひどく眠たげな、不平がましいような顔つきで、無論目が動くことなどなかったが、むしろ決して動かないはずだということが、まだほんの幼子だった爺様の想像をかき立て、見ているうちに動きだすのではないかというある種の期待から、見たくもないのにじっと目をこらしてしまうのだった。

夕方に首は鴉《からす》の群れに啄まれ、翌朝見に行った時は雀《すずめ》が、鴉では取りきれなかった細かな肉を突っついているのを見た。鳥の腹を満たした首は早々にずる剝け、蠅や雀蜂《すずめばち》などがしつこくたかっていたが、なぜか女房の首にだけ玉虫がびっしりと張りつき、緑がかった鏡色の甲羅が日の光を鮮やかに跳ね返していた。盗賊一家の首はすっかり骨だけになり、それも見慣れてしまうと河原の石と大差がなくなり、誰も見向きもしなくなった。

旅の僧がお経を唱えながら次々それを川へと投げこみ、次に巡ってきた夏に魚を取りに川に入った時、脛まで浸かった爺様は、がい骨の一つを持ちあげた。両手で支えなければならないほどの大きさで、恐らくは頭目のものだったのだろう。表面には無数の細かな穴が開いていたが、感触はつるつるとして、かつて盗みの知恵が詰まっていたがい骨の中の空洞は小魚の格好の隠れ家となっていた。逃げ遅れた鮠《はや》が驚き慌てて泳ぎ回り、やがて跳ね飛んで川へと逃げ去り、中には透明な水だけが溜まっていた。これは余分なところを切り取ればなにかの器に使えるんじゃないか、と爺様は考えたが、いくらなんでも盗賊のがい骨に盛った食事を口にするのは気味が悪い。手のひらから落っことすと、がい骨は川底に顔をこすりつけるように沈み、透明な流れがいつまでもその上を過ぎていった。

爺様はさだめについて考えた。

いや。考えた、というほどそれははっきりしたものではなかった。ただ、さだめという感覚が七つの魂に深く根付いたのはこの時で、それが絶対に逆らえない大きな流れであることを、爺様は腹の底で思い知った。

踝《くるぶし》をつつく鮠は流れの中にいることなど知るよしもなく悠々と泳いでいた。こうも達者に泳げるのは、むしろなにも知らないからだ。気づいてしまった以上、逃れられない以上、うまく泳がねばたちまち溺れてしまう。

一方婆様は、温羅の首を見てごく素直な言葉を口にした。

おお恐ろしい。

わかったからもう、その恐ろしいものをどこかへやっておしまい。いや下手にそこらに打ち捨ててしまえば、お前が呪われかねんわい、圓林寺《えんりんじ》の住職《じゅうしょく》様のとこへ持っておいき、そこで供養してもらうといいよ。護摩《ごま》を焚《た》いて、燃やしてもらうのがよかろ。

婆様は衣の袖で顔を隠すようにしながらそう言った。

桃次郎は返事をしなかった。

両手で温羅の首を捧げ持った姿勢のまま佇《たたず》んでいた。

桃次郎、聞こえなかったのかい？

桃次郎はぽかんと口を開け、その両目は小石のようにひんやりと乾いていた。

もとより己が腹を痛めて産んだ子ではなかったが、婆様は桃次郎と呼ばれるこの男のことが、つくづくわからなかった。


爺様と婆様は祝言を挙げて三年の年月が過ぎても子を生《な》さず、一度引き離された。すぐにそれぞれ別の相手をあてがわれ子作りに励《はげ》んだが、それぞれ子の持てない体だと思い知らされ、ほどなくして放逐《ほうちく》された。爺様は圓林寺の荘園で小作となり、婆様は売られていく道中で山賊に襲われ二晩山をさまよい、縁あって丹波《たんば》の羅切小姐《らせつねえさん》の小屋で寝起きするようになった。

唐国生まれの羅切小姐は、男を殺《あや》めることなくマラフグリともども取り除く秘術をもってして、家督を巡るごたごたを密かに解決してきたことで信用を得、丹波の山奥それも里から川沿いに丸一日は歩いた小屋には国司《こくし》に郡司に地頭に豪農豪商、はてはやんごとなき殿上人《てんじょうびと》までが悩みの種の種馬子息を伴い人目を忍び訪れるほどだった。

婆様は朝晩の炊事、洗濯などをして羅切小屋においてもらっていたが、時おりおつかいをたのまれて里に降りることがあり、いつしか再会した爺様と言葉を交わす仲になった。

ほどなくして羅切小姐が味噌汁に混入した火焔茸《かえんだけ》に倒れ婆様が後を引き継ぐと、爺様の発案により国司の許しを得て、その生業《なりわい》をより公のものとし里に小屋を移し、親不知《おやしらず》が生えそろう頃には、また爺様と婆様は共に暮らすようになった。

辛抱《しんぼう》を重ねた末のささやかな形だからこそ、婆様は極端に変化を恐れた。静かな生活を守るためよく働いたうえに贅沢を避け、養う者がない分だけ道具に手をかけ、小屋はいつでも掃除が行き届いていた。

穏やかな日々が続いたある晩、二人はどちらかにお迎えが来たら、残るどちらかも首をくくることを決めた。二人以外の者が家に入りこむなど、婆様には考えられなかった。

先代をしのぐ手際《てぎわ》の良さから婆様の評判はすこぶる良く、色欲から解き放たれたいと願う僧、あるいは自身の度を越えた好色に恐れをなした豪商、義理の母親どころか姪《めい》っ子にまで欲情して拐《かどわ》かそうとした末に麿《まろ》もいいかげん真人間になりたいと泣きついてきた公家、男らしさの押しつけに辟易したというずいぶん奇妙な考えに取りつかれたと思われがちだが口に出さないだけで世の中には案外少なくない者達も新たな客として加わり、ついには神州津々浦々の山に住む熊や川に住む龍、祠《ほこら》に住む神までもが門を叩くほどとなった頃にはマラフグリ酒漬け瓶は満杯になっていた。

爺様の発案によりマラフグリの春画に引っ張られる性質を活用し滑車を回す仕組みをこしらえ、稼いだ金をすべてつぎ込み、さらに借金までして地下深くより温泉を汲みあげることに成功し宿の経営にも手を広げようとしていたところ、マラフグリ酒漬け瓶が突如怪しげな光を放ちはじめたため緊急停止、ややさては施術に使った数多の秘薬と本懐を遂げることなく不用とされた子種達の怨念《おんねん》による仕業《しわざ》かと推し量ってはみたものの、さてどうしたものかわからず川に捨てた。

ところが、マラフグリの群れは流れていくどころか烏賊蛸《いかたこ》に似た活発な動きで水をかきわけ、あれよあれよという間に川上へ向かいついに見えなくなり、

第四章

何日か経つと一間もあろうかという巨大なマラフグリがひとつ、くたびれきった様子で流れ戻り、気味が悪く足蹴《あしげ》にする竿で突くなど追い払おうとするもすいっすいっと水の上を滑るようにかわされ、隙をついて膨らませたマラの先から気だるそうに水しぶきを吹きかけるなどして頑固に夫婦に手向かい、住まいの目の前の河原に乗りあげそうで乗りあげないという体でゆらゆらやっているのを気味悪く思い、莫大な借金を背負っての温泉経営が頓挫《とんざ》した失意も手伝って、家業を畳んでの夜逃げを考えるほど悩み追い詰められた挙句に、やるかやられるかというひどく狭まった考えに往生こいた爺様が鉈を振り下ろしたところ、中から青黒い肌でぐったりした男の赤ん坊が出てきた。

赤ん坊はうんともすんとも言わず息をしていないようだったが、自ら口に腕を突っこんで喉に詰まった血塊《けっかい》を取り除き、ふいに襲ってきた鳶《とび》を一撃で打ち殺し、頓狂《とんきょう》な産声《うぶごえ》をあげながら足元にまとわりついてくるのに度肝《どぎも》を抜かれ婆様はへたりこんだ。

爺様は唸り、このとんでもなく強い子は、育てば神をもしのぐ猛者《もさ》に成長することは明らかと見抜き、手なずけたらばその力をもって国を奪うことも夢ではないと、しばし藁《わら》しべ長者じみた胸算用《むなざんよう》にふけり、これこそ我がさだめと悦《えつ》に入っていたが、赤ん坊が大人になる頃にはこっちはさらに年を取りこの世にいられる暇など残りわずかであろうと思い直し、ならば世のため人のためになることに使い、人々に感謝され閻魔大王《えんまだいおう》の心証を少しでも良くして羅切小姐の件を帳消しにしてもらう方が上策であると気づき、桃次郎と名付けたその赤ん坊に事あるごとに大きくなったら鬼退治をするように言い聞かせた。

婆様は神通力を操る子など、変哲《へんてつ》のない暮らしを望む自分らの手に余ると常々感じていた。

現に桃次郎はなんでもできた。立って歩きだしたばかりというのに、こちらの話はきちんと心得ているようで薪割《まきわ》り煮炊《にた》きに畑仕事も頼めばこなし、頑丈で風邪一つひかず、あとはだいたい眠っていた。

虫けらから魚、大きなものでは鹿と、傷ついた生き物と見ればすぐ拾ってくるのには閉口《へいこう》したが、家が汚れてしまうよと言えば素直に従って納屋《なや》で寝起きしながら面倒を見ていた。

半年もすると話せるようになり、野良仕事に汲み取り屋の手伝い、飛脚《ひきゃく》の真似事などで日銭を稼いでくるようになった。おかげで莫大な借金も少しずつだが減っていき大いに爺様を喜ばせたが、婆様はいつまでたっても小屋に桃次

郎がいるのに慣れなかった。桃次郎が来たのと時期を同じくして、流行《はや》りが廃《すた》れ羅切の仕事がみるみる減っていったことも苦々しく、足音や、食器がぶつかりあう音や、話しかけてくる声がすると、なるべくそちらを見ないようにした。

大人の背丈に育ち鬼退治に出ると言いだした時は、ようやく静かな暮らしが戻ってくると小躍《こおど》りしたい気持ちだった。

まさか本当にやるとは思っていなかった。

表に出れば、村人という村人が桃次郎の功を褒めたたえたが、それもつかの間、桃次郎が宝を出し渋ると知れ渡ってからというもの、なんとか宝を返してもらうよう一人息子に口利きしてもらえないかとせがむ者が後を絶たなかった。手なずけられるのはぬしらだけであると、笠をかぶって歌い歩いた地蔵さながら、酒に干物に餅や大根などを携えつつましい小屋に押しかけて来るのだ。

夫婦は何度も桃次郎の屋敷を訪れた。宝物を人々に返すように伝えても桃次郎はいつもぼやけた顔で、聞いているのか聞いていないのかわからないまま有《う》耶無耶《やむや》にされた。

ある日いつものように屋敷へ立ち入ろうとしたところ、まことに申し訳ないが御君の命ゆえと家来の猿に阻《はば》まれ、それ以来顔を見ることすらかなわなくなった。爺様はあの優しい子がなんでかなと一日の大半を首を傾げて過ごし、そのうち頭が転がり落ちてしまうかというほどで、それをなだめるのに疲れ果てた婆様は、桃次郎などいなければこんなことにはならなかったのにと悔やんだ。

いっこうに桃次郎が宝を返さないとなれば、役立たずの老夫婦があからさまに憎まれるのも当然の成りゆきだった。夫婦が小屋に引きこもるようになっても、それまで挨拶もなかった一族の誰かしらが人目を忍び訪れ、気づかうような素振りですり寄っては宝の分け前について口にした。彼らもまた老夫婦と同じように、その一族だけでいい目を見ようとしていると村に疑われ、さいなまれ、やむにやまれず小屋にやってきては涙にくれながらその辛さを訴え、訴えているうちに桃次郎を説得できない二人を責めはじめ、しまいには激しく罵倒《ばとう》して帰っていった。

夫婦はすっかり参ってしまい、誰とも会わなくなった。閉ざされた板戸を叩くと、壊れてしまうので困りますう、という弱々しい声が小屋から忍び出てくるのみで顔も見せない。それで孤立をさらに深めた。一族の者は老夫婦を強欲《ごうよく》者《もの》だと、あれには手を焼いておると吹聴してまわった。自分達を守るためだった。

ほどなくして老夫婦は耳の聞こえが極端に悪くなった。冬に備えて姿を変える草木虫獣《そうもくちゅうじゅう》のように、逞《たくま》しくそうなった。

戸外に吹きすさぶ怨嗟《えんさ》の嵐は彼方へ遠ざかり、誰からも構われなくなったある日、夫婦で目を凝《こ》らしてシラミを潰していたところ断続的に畳が真っ白に光った。にわかに雨のにおいがどっと小屋になだれこんできて、雨漏りに備え畳に茶碗《ちゃわん》を並べようかと腰をあげたその時、唐突《とうとつ》に二人は長年の願いであった穏やかな暮らしの最たるものに包まれているとさとったのだった。

甲羅の内で縮こまるようなどん詰まり、そこにもたらされた果報という思いがけなさに、二人は目に見えぬ不思議な桃にかぶりつくような笑みをかわしたが、わざわざ声は出さなかった。なくてもすむ。声にかぎらず、つれあいとの静かな暮らしのほかに望むものなどありようもなかった。

婆様は夜も眠らず、塩と水の他なにも口にしなくなった。爺様も壁に向かって胡坐《あぐら》をかいたまま朝も昼もなく酒を呑み続け、酒が尽きるとマラフグリ酒漬け瓶をあおった。二人は常凪《とこなぎ》の平穏の中、ゆっくりと縮んで、硬く乾いて、閉じていった。

夏も終わりかけ虫の音もひとしおのある夜、犬猫ほどに縮みきった婆様がひっそりと呼吸を止めて、日が昇るのを待たず爺様も後を追った。

粗削《あらけず》りの木仏《もくぶつ》に似た夫婦の死骸は虫もわかず、腐りもしなかった。婆様の体はすっかり干からびて寝床の筵と見分けがつかないほどだったし、爺様は汗に涙に血と、そのすべてが酒になり変わっていた。

老夫婦は死んだ後も、村の者達から徹底的に無視された。手のひら返しの弔《とむら》いも慰霊《いれい》の祠もなかった。ひたすら放っておいてもらえれば、爺様も婆様も不服はなかったかもしれない。誰にも顧みられることのない境遇ほど静かな場所など他になく、死がそのまま結びとなる話ほど潔いものがないとするなら。考えようにも考えつかない死に際ではあったものの、そこに二人きりとこしえに閉じこめられるのなら。

しかし実際のところ、そうはいかなかった。桃次郎のかたくなさは育ての親が死んでしまうほどだと広く知られ、それならまあ、という憮然とした納得を得た夫婦の一族達はようやく胸を撫でおろすことができた、というような尾ひれは避けられなかったし、なにより常々退屈を持て余していた他所者《よそもの》達、長い長い行列に何度も並び直すうちに、並ぶことそのものが目的となり始めた者達の間で、夫婦の死は切り刻まれ、壁と向きあったまま事切れていたという一点だけをもって語られる達磨大師《だるまだいし》とその悟りへのこじつけ、腐らない死体の神聖視《しんせいし》、宝を手に入れられぬ葛藤、酸っぱい葡萄《ぶどう》的な救いへの筋立て、相次ぐ行き倒れから生まれた互助精神、御宝《みたから》行列に並ぶ意義の再解釈などがぶちこまれ、すりこがれ、涙という適度な湿気を加えられたうえで原形をとどめぬほどこねくり回され、やがて有志を募り街道沿いにいくつもの石碑が寄進されるほどとなった。そこには二人を象《かたど》った小さな地蔵が彫られ、その下にはこんな一文が記されている。

思わぬ宝を手にしたら、後に並ぶ者に譲るべし。かような功徳《くどく》こそ、御宝行列の真の御利益。すなわち真の宝なり。合掌《がっしょう》。

第五章

御君がお育ちになられた小屋は、少しばかり俺の想像と違っていた。柱は歪《ゆが》み、屋根はあちこちぺんぺん草が生えていまにも崩れ落ちそうで、軒先が地面にまで届きそうなほどだ。いや意外に思ったのは最初だけで、俺はすぐ飲みこめた。だいたいのことは少し考えてみればわかる。このような家だからこそ強く真っすぐな御君になられたのだ。

やはり両の親御様をいっぺんに亡くされ相当《そうとう》こたえておられるようで、御君は引き戸の前で立ち止まったきり硬く目なんか閉じて、長いこと中に入ろうとしない。気のすむまでそうしてほしい。主人の気持ちに寄り添いつつ待つ。これも家来であり犬である俺の、大切な御役目なのだ。なんならこのまま日が暮れたって構わない。それだけ御君の影の中にいられるのだから構わない。暖かいがほどよく雲がまぶされた空で雀が歌っている。

本当に良い日だ。大雪だろうと、槍が降ろうと俺には良い日だ。俺は御君の御供《おとも》で猿は御留守番、おまけになぜだか今日の御君は忌々《いまいま》しい鬼の首を小脇に抱えていない。つまりこれは誰がなんと言おうと、久方ぶりの独り占めなのだ。

しかし白袴《しろばかま》の御君ときたら。

これまで頭の中で御君にありとあらゆる装いを施してきたものだが、そんな目利きの俺でもさすがにこれはちょっと出来すぎと、鼻をふんふんいわさざるを得ない。言葉は飛びきりをありきたりにしてしまうのが常であるが、一つだけ言わせてもらう。びっと糊の効いた肩衣《かたぎぬ》のとんがりはこれまさに、真っすぐな光放つ日輪たる俺の御君にこそふさわしい。

俺の心はもっと言いたがっているが、それをもっともっと聞きたがっているが駄目、これくらいにしておかないと、出会ってから俺が掻き集めてきた膨大なる御君の面影一つ一つがあふれだし怒濤《どとう》の遠吠えが始まってしまうことうけあいなのだから。

がたつきながら戸が開き、よく肥えた山猫《やまねこ》が顔をのぞかせる。

「いま遠吠えしてたのは、あなた様？」

「なにやつ」

「名乗るほどの者では。御宝行列の世話役とでも申しましょうか」

「世話役だと」

「皆さん本当に長いこと並んでおいでだ。おいそれと行列から抜けられないわけでして。わっちのように御用を聞いて、あれこれ用事をすませてさしあげる、なんでも屋。ね、そういう者がいないと困るわけでして。用がない時はこうして、御宝行列の御本尊様《ごほんぞんさま》をお守りしておると」

山猫が目を細めた。細めた目の中で瞳が針《はり》のように細くなる。

「間違ってたら御免《ごめん》なさいだけど、桃次郎様？」

御君のくぐもった声がうんだかうむだか応えると、引き戸が開く。しかしこいつ、近くで見てるうちに山猫なのか家猫《いえねこ》なのかあいまいになってくる。山猫にしては顔が平たいし、毛はしっとり撫でつけられ歯もそろい香の匂いまでさせて。もしや家猫か。いやどっちでもいい。

「どうぞどうぞ、お待ちしておりました。爺様と婆様、きっと喜ばれますで」

とことん明かりの入らない小屋だった。囲炉裏端《いろりばた》のぺたんこの座布団を勧められ御君と腰を下ろしたところで世話役がぼんぼりに火を灯《とも》すと、天女に鳥に仏がひしめく極楽を描いた屏風を背に並んで座る爺様と婆様がぼうと浮かびあがる。なんでか腐らないと話には聞いていたが、生乾きの雛人形《ひなにんぎょう》のようだ。婆様は十二単《じゅうにひとえ》、爺様は直垂《ひたたれ》を着せられ花やら色紙やら貝殻やら銭やらで飾られ、大小形も様々のビイドロ瓶に幾重にも囲まれている。瓶の中で塩漬らしきものが揺らめくたびに色を変え、その様が美しく面白くいつまでも眺めてられそうだ。

「見ておやんなさい。ええ御顔してらっしゃる」

開け放たれた襖《ふすま》の向こうに誰かがいるような気がして、見れば奥の間の壁に人のようなものが描いてある。世話役が唇を舐め、なぜか声をひそめる。

「驚くなかれ。焼きついたんでございますよ。爺様がわき目もふらず壁を睨んでいたというのは有名な話でして。わっちじゃこうはいきません。あやかりたい一心で壁とにらめっこしておりましたが、どうにもこうにも。意地になってぐいぐいやってたらほら、わっちの顔がまっ平だもんで嫌になる。ありがたやありがたやと、皆さんこの壁を見てえらく喜びよります。その霊験《れいげん》の尊さありがたさに、吊るされたようにぴんとつま先立ちになって法悦《ほうえつ》の涙を垂れよります」

なるほど言われてみれば年寄りの顔に見えなくもない。世話役が平たい顔をぴたりと寄せてきて、桃次郎様への思いが高じてのことでしょうなどと言い添えるものだから、たまらず涙があふれる。満足げにうなずく世話役が差し出したちり紙で鼻をかみ、御君を振り返ると雛人形の前で座禅を組みじっと動かない。

いい加減、坊主が来ても良い頃合いだった。佳代とかいう人娘を遣いにやったはずだが。そう世話役にこぼしていると、引き戸ががたつき芋みたいなでこぼこ頭の小僧が、御免くださいましと顔を出す。

「お前が経を読むのか」

小僧がうんだ、と鼻をすすりあげる。年は十に届くとも思えず、袈裟《けさ》もかけておらず、息をするたびに青《あお》っ洟《ぱな》が出たり引っこんだりしている。

「やい小僧、これが初仕事などということは無かろうな」

これ見よがしに毛のちびた払子《ほっす》を持ち換えて、また鼻をすすりあげる。

「お前で大丈夫かと聞いているのだ」

聞こえないはずはないのに小僧は俺の前を素通りしやがった。雛人形の前に鎮座まします鼻水小僧に、もう一度聞いておるのかと唸ってみせると、ちらと振り返り、しかし振り返っただけで挨拶もなしにいきなり経を読みはじめた。

すぐにわかった。こいつは、ずぶの素人だ。ひょっとして頓智《とんち》が得意だったりする神童《しんどう》の類《たぐい》で和尚《おしょう》の信頼も厚く、年だけは若いが並の坊主では歯が立たぬほど優秀、そんなこともあるやもしれないぞ、決めつけは良くないぞと様子を見ていたが、とんでもない。

まず経を覚えていない。ところどころむにゃむにゃ言って誤魔化《ごまか》しているし、聞いているうちに心がふわふわして正座したままでも体を揺らしたくなる、あの浮朗《ふろう》ともいうべき抑揚《よくよう》もまるでなっちゃいない。そのくせ経文《きょうもん》をまったく見ておらん、ということは字も読めないわけで昨日まで赤子の泣き声を聞きながらぼんやり芋の根っこをしゃぶっていたような貧乏小作の倅《せがれ》に違いなく、芋ばっかり食べていたから坊主頭が致命的に似合わない芋みたいなでこぼこ頭なのだ。

顔つきだって品のかけらもなく、この先何年修行したって誰もお前の説教など聞こうとしないことはこの俺が請けあうし、そもそも芋野郎が仏の道など図々しいにも程がある。この際だから教えてやるがお釈迦様《しゃかさま》はお前のことなぞ大嫌いだぞ、間違いない、信じるに足る犬の鼻からしてお前が来てからこの小屋が急に地獄くさくなったのははっきりしていて、そのことからも涅槃《ねはん》で咲きほこるかぐわしい蓮《はす》がどんどん芋野郎の口臭に萎れていく様を見てお釈迦様が歯ぎしりしておることは間違いない、なぜかと言うと本当だからだ、間違いないからだ、などと怒りにまかせて思いつく端からぽんぽん青白い頭に投げつけてるうちに、下手糞な読経が尻つぼみに途絶え、小僧が肩を震わせ泣きだした。

「なんだめそめそと。涙で俺を悪者にしようったってそうはいかんぞ」

あのですね、と世話役が口を開く。

「爺様と婆様はその、村との折り合いが悪かったわけでございまして」

「泣きっ面さらしてとっとと帰れ小僧。そして和尚にちゃんとした坊主をよこすよう言わんか。金子《きんす》は充分払ったはずだ」

できません叱られます追い出されます耳が切《せつ》ないです、とさらに声をあげて泣く小僧の頭に、御君が手を置いた。

――この子に言っても仕方がないでしょう。

もったいなくも羨ましく小僧が泣きやむまで何度も頭をさすり、さぞ辛かっただろうと駄賃《だちん》までやり帰してしまった。

「しかし御君。あんまりではありませんか、俺は悔しくてならんのです」

俺は御君の声が聞きたいのに、どこもこんなもんですよと、世話役が割りこんできた。

「御宝行列にも弾かれ者がかなりおります。いえ、ほとんどがそうです」

ため息だか唸り声だかわからないものを吐いて、家猫だか山猫だかわからない顔をつるりと撫でた。

御君が口の中で念仏を唱えていた。迷い児のようによたよたぐずぐず、脈《みゃく》絡《らく》のない抑揚で何度も南無阿弥陀仏《なむあみだぶつ》を重ねていたのをぴたりと切りあげ、形見に一ついただきますよと世話役に断り青緑色の酒漬け瓶を懐に小屋を出て行ってしまう。

もちろん俺は御供した。川上へ川上へとどんどん歩いていく御君はだんまり、一度たりとも振り返らない。つれない態度にくじける俺ではない。俺がいてもいなくてもどちらでも良いのだ、などと自ら甘噛みした傷を舐めるような、そんな女々《めめ》しい真似などしない。断じてしない。御君は俺を心から信頼しておられるのだと、そう考える方がいっとう偉い。たとえ信頼などなくとも、御供でなくとも、犬でなくとも、俺は御君について行く。

どこにもいきませんからと、そう声をかけたがやはり返事はない。なんでも良いから、少しでもわけてほしい。しかし俺はぐっとこらえた。きっと、こんな時は黙ってるのが良い家来なのだ。御君の歩みを邪魔しないように、つつましく影の中に溶け寄り添う。家来とはかくあるものだ。

だが、なんたるざまだ。いつの間にか俺はかつての散歩を思い起こし不覚にも尻尾を振り振り、つまり浮かれてしまっている。かねてよりの俺ごのみである、御君の足跡を、もしくは足跡がつかない乾いた土や草の上でも見て覚え、また匂いをたよりに、歩いたところだけを踏み外さずに歩く、俺と御君しか知らない遊戯《ゆうぎ》が始まってしまう。それからなし崩しに続く蜂とか蝶《ちょう》とか、肉球《にくきゅう》の隙間をこそばゆくほじくってくる草花、風に乗ってくる木々の匂い、鳥のさえずりとの追いかけっこ。

こんもりと群れる蓮華《れんげ》の花に差しこむ木漏れ日が微かに揺れ、揺れるたびに花の色がくるくる変わり、それが気に入り小便《しょうべん》をかけておく。飛び交う紋白《もんしろ》蝶《ちょう》を撃ち落とそうと片足をあげっぱなしで飛び跳ね転倒し、それを皮切りに懐かしく素晴らしいこの一刻すべて俺のものにしたくなり、目につくすべてに金のしずくを乱れ飛ばすがきりがない。もってこいの冴えた術が浮かぶまで、ひとまず蟹股《がにまた》の歩みで垂れ流し続け、たちまち喉がからからになり川のせせらぎに飛びこみ、腹がたぷたぷ波打つほどの水を蓄え、さあ放尿大名《ほうにょうだいみょう》のお通りでござい。山吹《やまぶき》の雨けぶる祇園精舎《ぎおんしょうじゃ》をとくとご覧《ろう》じよと息まく俺に御君のお声がかかった。

——頼むから一人にしてくれないか。

数歩先で背を向けたままそう言った。にわかにつむじ風が起こり、砂が巻きあがる。行かないで、そう言いかける俺と御君をさえぎる壁となる。砂粒が完全な密となるその寸前に、荒くかすむ木々や蝶や花や風や山や雲や空の真ん中で俺好みの薄い微笑が崩れ、滑らかな両手に覆われるのを見た。俺は砂の壁の前で立ちつくし、声もかけられなかった。瞬きの我慢くらいしかできなかった。御君の残像を逃がすまいと、俺は瞼にどっさり砂を積もらせながら、ずいぶん長いこと瞬きを我慢した。

御君は夕飯時になっても戻らなかった。いつにも増してじっとり黴臭い闇夜の裏庭で臍に藪蚊を群がらせていると、見えないからこそ羽音は際立ち、つやつやの爛《ただ》れて皮が薄くなったところを虫どもの細かい手足が這いまわる。つんつんぶすりと嘴でさいなまれる哀れな俺の臍が見るも鮮やかに目に浮かぶ。ちょうど千代紙《ちよがみ》を着せ替えて遊ぶ紙人形くらいまで腫れあがり、みじめであればあるほど愛おしい臍をすり鉢に放りこみ、唐辛子と一緒にすりこぎ棒でごりごりやるところを思い浮かべてみる。本当にはやらない。本当に痛いのは好きではないから、痛痒いくらいがちょうどいいから俺は藪蚊を使う。粗塩を一つまみ加えてみてはどうだろう。

朧月《おぼろづき》に淡く灯る雲に映る絵空事が夢と溶けあいかけたところで、砂利を踏む音に邪魔された。一番にお迎えしよう、悲しみの御君のおそばで浮かれた駄目犬を罰してもらおうと一目散に馳せ参じたのに、音がした勝手口には誰の姿も見えない。ぬるい風に鼻先を突っこみ、すがる気持ちで御君のにおいを探すと、ふと嗅ぎなれないにおいがかすめた。外から漂ってくるものではなさそうで、出入りの激しい日中ならいざ知らずとそう思い、においをたどっていくと、蔵の扉を前に怪しい人影がうごめいているではないか。

黙ってこっそり近づいた方が得策だと気づいたが、そう気づいた時にはもう吠えていたから人影は逃げだした。だが俺の足の速さを差し置いても賊ののろまっぷりときたら。それで本当に逃げているつもりかと呆れるほどだ。あと一歩で追いつくというところでいきなり賊が立ち止まり、見ると賊の向こうで猿が諸手を広げ立ちふさがっていた。挟み撃ちの形に観念したのか、御白州で賊はほっかむりを取る。

「やや、お主はいつかの尻好み」と猿が素っ頓狂な声をあげる。

人翁はすとんと腰を下ろして胡坐《あぐら》の膝をはたと叩く。

「さあ煮るなり焼くなり好きになすってくださいな。とうに覚悟はできております」

猿に笑いかけると、白砂利に指を突き立て、ささっと二つの重なる円を描いた。怪しい動きにいち早く勘づいた俺は、用心しろとささやき猿の尻をびっと引き締めてやる。

「呪法《じゆほう》の類かもしれんぞ」

人翁の高笑いが御白州に響き渡る。

「もちっと平たく考えなされ。尻を描きたいから描いたまでのこと。私の美人画だから取り戻そうとしたまでのこと。混じりっ気なしにて恥じようもなき、尻の言うなりゆえの匹夫《ひっぷ》の勇なり」

「御君は間違いなきよう、吟味に吟味を重ねておるところだ。それがどうして待てぬのだ」

猿に続けて、そうだなぜ待てぬと吠えたて注意をひきつつ、俺はさりげなく

呪いかもしれない尻を足で消しておく。ところが小癪《こしゃく》な耄碌爺《もうろくじじい》め、消したと同時にまたささっと新しいのを描きやがる。

「まるで返す気があるような物言い。ひとつ聞かせてくれまいか。待つとは、いつまで待てばよろしいので」

「まだ目途がたっておらん。それはそれとして盗みは盗み賊は賊」

ぐだぐだ理屈をこねたって、流石《さすが》は俺が一目置く猿である。すぱっと歯切れの良い物言いで一刀両断《いっとうりょうだん》し人翁の腕をとる。

「あるべきものをあるべき所へきちんと返していただけたならば、こんな老いぼれが賊なんかにならずにすんだわけで。ほれ屋根の上の御仁《ごじん》も石にならずにすんだわけで。それでええじゃないかと。日々御白州に御立合いのうえで心底そう思っておられると」

「この話は仕舞いだ」

「左様《さよう》でございますか。水をくださった親切な御猿様の、それが本意であると」

唐突にふあぁとあくびに似た声を漏らした猿が、翁を放し空を仰いだ。血迷ったか馬鹿と踏み出す俺の鼻先をどこからともなく突っこんできた黒い塊がかすめ、まともに諸手突きを食らった猿が足掻きながら宙を舞い柿の木の梢《こずえ》に引っかかる。とっさに黒い塊の首筋を狙い飛びかかるも、面前で猫だましが炸裂《さくれつ》し隙を見せたが最後、上手を取られ逃げられない。やけにぬらりとした鼻先をぐいぐい俺の頬に押しつけて、

「あんときゃずいぶん世話になったねえ」

しこたま投げられる。

とてつもない一撃であれやこれやがすうっと遠のいて、はるか水平線の際《きわ》で聞こえるか聞こえないかの声がわちゃわちゃと、なにを騒いでるのやらと眺めていたら、またすうっと戻ってきた。ぐらぐら揺れる景色の中ぐっと立ちあがり鋭くわんと吠え、そう思うのと裏腹に身体がついてこない。五体ばらばらになったように痺れ、顔をあげるので精一杯、塀を飛び越えていく熊盗賊《くまとうぞく》とその背中にぶら下がる人翁が闇に呑まれていくのを見ているしかなかった。

どうにか身を起こすことができた頃にはもう、空が白みかけていた。猿はまだ柿の木の上にいて、薄紫の雲を背に小さな影になって見えた。俺は猿をののしる。

「だらしないぞ」

なにかが俺の顔に、はらはらと落ちてきた。猿の毛だった。影になった猿は梢の上でせわしなく長い腕を動かし、ひたすらあちこちの毛をむしっていた。蜘蛛《くも》かなんかが巣を張っているような、なんと言うかそれしか頭にないという感じだ。俺はあちこち痛む体を柿の木の根元に転がす。

「いつまでそこにおるつもりだ、朝になってしまうじゃないか」

影になった猿がどこを見ているのか、どんな顔をしているのか、真下から見あげると、いよいよもってわからなかった。

第六章

裏庭の木戸を開け朝餉《あさげ》の香りが漂う通りに立つと、髪結《かみゆ》いの店先の銀看板に隠れるようにして村の童《わらべ》らがひと塊になっているのが見える。ふと思い立ち、広げた羽根をひらひらやって、どれ鬼ヶ島での鬼退治のお話でも聞かせてやろうと声をかけてやると、童らはもうさんざん聞いたわい、などと悪態をついて散り散りに逃げていく。追うつもりもないのに軽やかな駆け足につられて一歩踏み出したところで、逃げ遅れ白塀に背をへばりつかせたちびを見つけ、さあさあ聞いて驚けと、もう一度羽根をひらひらさせながら誘うと、浮かない顔でのろのろと寄ってきて目の前にしゃがみこむ。

「雉の旦那さあ、鬼ヶ島の話ならもう勘弁してやあ」

こちらを見あげるちびにそう言われて別の話をしてみようかと嘴を開きかけるが、なにも思い浮かばない。御君と鬼退治をしたことしか覚えていない私の中に、語れる話は一つしかない。ならば作り話でも一席と思い立ってはみたものの、やってみるとこれが案外難しい。あんこと餅があれば、汁粉にあんころ餅、大福も作れようが、あんこだけではあんこ、餅だけなら餅にしかならないようなものだ。やがてちびも申し訳なさそうな顔をして立ちあがり他の童を追って駆けだす。またつられる。どうして幼く軽い足音というやつは、聞いてるこっちまで駆けだしたくなるんだろう。

めでたしめでたし

鬼の石像が思い思いの恰好《かっこう》で立ち並ぶ、屋根の上だ。お天道様《てんとうさま》が顔を出して間もないらしく、瓦はさほど熱くない。庇の縁に切り取られた裏庭でちらりと猿の頭がのぞき、犬の声が聞こえてくる。

「また屋敷の中をおっかなびっくりでうろうろしてたぞ」

「歩くたびにこう、くいっくいっと首が前後に振れるであろう。あれのせいではないかな。見たこと聞いたこと、ことごとく頭から振り落とされてしまうと、そういうわけだ。三歩歩くたびにすっからかんに忘れるのだから、屋敷になじめぬのも無理はない。夢など一度も見たことがないらしいが、すっからかんというのは斯《か》くあるものか」

「すっからかんではないぞ猿。御君の家来ということだけは決して忘れんではないか」

「さだめし、そうとう黍団子がうまかったと見える」

言いながら猿が吹きだし、犬もつられて笑う。なんだかこっちまでおかしくなって、一歩踏み出す。

「なにをやらせても役に立たない哀れな奴だ。どうやって暮らしを立ててこられたのか、俺には皆目見当もつかない。扱いに困った御君がお役御免《やくごめん》を言い渡したって、二、三日もするとうす汚れたなりで戻ってくる。餞別《せんべつ》に持たせた黍団子も食べつくしたか無くしたのか、何度お払い箱となろうが、とにかく身一つで帰ってきて、何事もなかったかのようなおとも面で一行に加わる。結局鬼退治までついてきて、いまも屋敷に住みついている。厄介だよ。あのような家来を従えているなどと知れたら、これは御家の恥ではないか」

犬の声が続けて、俺なら切腹《せっぷく》を申し出ると息まく。誰のことかは知らぬが、切腹という物騒《ぶっそう》な言葉が気がかりでまた一歩踏み出すと、蹴爪が瓦をひっかいて耳障《みみざわ》りな音を立てる。

「誰からも必要とされない、すなわち生きられない、ということではなかろう。それに犬殿だって、どうせ帰ってくると知りながら、御君が餞別を渡すのを見るたびに達者でなどと、雉殿が見えなくなるまで手を振っていたではないか。毎度毎度、ねぎらいの言葉をかける御君の雰囲気に呑まれて、涙にくれながら」

諫《いさ》めるように猿が返す。

雉？　雉と言ったのか。よく聞き取れるよう、もう一歩踏み出す。

めでたしめでたし

薄暗い廊下で御君の背中を見あげている。

御君よ、なにかご用はありませんか。

またか、とつぶやき御君が振り向く。

――まだ目覚めて半刻もたたないが、お前にそう声をかけられるのは四度目だよ。

御君がしゃがみこみ、目線が合う。その瞳は見返せば見返すほど輪郭《りんかく》がゆるんでいく。

——教えてくれ。繰り返し繰り返し、今世《こんぜ》をすっかりやり直すというのは、どんな心持ちなのだ。

すがるような声だ。どうしよう、わからない。なにを聞かれてるのか、それからしてわからない。首を少し傾けたまま、しばらく待つが、続きの言葉が来ないから、御君も私を待っているのがわかる。叱られませんように諦めてくれますようにと念じながら、どうでしょうねと笑って誤魔化し、すぐに「なにかご用はありませんか」と繰り返す。御君の目がすっと乾く。

——もちろん鬼ヶ島へ行ってもらうよ。鬼の生き残りを見たら知らせてほしい。いつもお前はなにも見ていないと言うが、もうそろそろ良い返事があっても……ああ、そうだ。

御君の顔がぱっと明るくなったと思うと、ふわりと抱えあげられる。

——ちょっと来なさい。

蔵へ連れこまれた。見るからに珍しい宝物が所狭しと並び、奥の違い棚でぼんやりビイドロの瓶が光っている。その違い棚に駆け寄った御君が、あたふたと桐の香箱を持ってきて、いましがた十日ぶりに目覚めたところだ、と嬉しそうに手をこすり合わせてから、鬼の生首をひょいと取り出す。

なにがでございますか。

驚きながらたずねると、御君は首を抱えて近づいてくる。

――温羅には誰より眠りが必要なのだ。ぽつりぽつりと、時にはまくしたてるようにしゃべりだしたかと思えば、数日数十日眠り続ける。それより温羅は鬼が復活しているはずだと言っている。温羅がながらえる限り、鬼ヶ島に湧いて出てくるそうだ。

顔に生首を押しつけてくる。鳥肌が立ち、なにをなさいますとのけ反るが、すぐに組み伏せられる。汗で前髪が貼りついた額の下で瞼を引きつらせる御君が、口をとがらせて、人差し指を立ててしぃっとささやく。

――ほら聞こえぬか。声を発しているだろう。

なにも。

――そうか、やはりな。だが心配は無用だ。稿眼を持つ此方はお前に見えないものを見ることができる。お前には聞こえない声を聞くことができる。初めて聞いたのは鬼ヶ島だ。慄《おのの》きを知り立ちつくす此方を、温羅は気恥ずかしくなるようなとろけるような柔らかい声で包み、教えてくれた。宇宙の根源、真理そのものである大日如来《だいにちにょらい》の編まれた今世の成り立ちと、そのさだめを。

――そんな目で見るな。わかっているとも。ともに旅した家来から民草まで、皆の心が日々離れていくのを肌で感じている。ことさら猿のあの、此方を見る目ときたら。耐え難いものがある。事あるごとに思ってきた。いっそ洗いざらいしゃべってしまえたら、どんなに良いか。

――しかしだ雉よ、真の理《ことわり》というものは正しく解する者を選ぶのだ。衆生《しゅじょう》に話したとて乱心を疑われるのが関の山。人が人ならざる無敵の此方に危うさを嗅ぎ取ったなら、もう殺しあいまであと一歩だろう。家来、民草を手にかける覚悟はない。いまはまだない。

――本当にお前がいて助かった。とてもじゃないが一人で抱えきれぬ。宝物は一つたりとも民草に返せない。そして屠《ほふ》りすぎた鬼は少しでも増やさないとまずいことになる。すごくすごく、まずいことだ。はっきり言ってほしいか。今世は終わろうとしている。いや温羅の首をはねた時、一度終わりかけたのだ。めくれるのを見た。雷鳴に似た轟《とどろき》をともない、西の空が、障子紙かなにかのように、端からぺろんとめくれるのを見た。

――させるものか。日本一の快男児たるこの桃次郎、今世の終わりなど許すものか。さだめがなんだ、どこまでもお付き合いいたそうではないか。ひとたび壊れた焼き物を両手で包み持つように、ぎりぎりのところで形を保つように。

わかるか、聞いてるか雉よ。

やっと顔から鬼の首を離してくれる。羽根で顔を何度もぬぐい、聞いていますす、聞いていますと返すが、その時にはもう御君は背を向け、鬼の首を床の間に置いてなにやら話しこんでいる。

——ふむ温羅よ、それは何度も聞いた。しかと肝に銘じているよ。ちょっと待て、では此方の憂いはどうなっても良いというのか、いやそうじゃない、だからこの雉は大丈夫なのだ。いいか良く見ておれ。

穏やかな笑みをたたえた御君が、蔵の中でもなお暗い隅っこに追いつめた私の両足をつかむ。

——かまわぬかまわぬ。誰かにわかってもらおうなどという甘い考えはとうに捨てておるから。いやしかし、実にすっきりした。

私の踵を床にとんとんとんとん、と打ちつける。

めでたしめでたし

鬼ヶ島の様子を見てきてくれ。と御君が言う。

鬼の生き残りを見たら知らせてほしい。いいか、決して殺すな。そう何度も念を押して、すまないがこうでもしないとお前は忘れてしまうからなと私の足を鉢巻きできつく縛り、空高く放り投げる。

――吉備津港まで飛び海を望むのだ。そうすれば鬼ヶ島はそこだとわかる。いってらっしゃい。

蒸し暑い朝の、猫の寝息ほどのわずかな風を捕らえて、屋敷の上を旋回しながら高みへ昇っていく。庭先に立つ御君の姿が、屋敷が、村がどんどん小さくなる。村の名前は思いだせない。心の内をいくら探っても、御君の家来である、これを除いてただ一つの覚えもない。脚をがっちり固められ、羽毛の隙間の隅々まで潜り抜けていく風を感じながら、ふと思う。どうして私は御君の家来なのだろう。

真っ白な障子にぽつりと小さく墨が落ちたような気がして見えそうで見えない芥子粒《けしつぶ》より小さな点を探して目を凝らしていると、一気に広がりすべてが真っ黒に染まる。ああ思いだしてきた、だんだんと空っぽ頭が思いだしてくる。

風雨にさらされ襤褸《ぼろ》くず同然で朽《く》ちかけていたところを御君に拾われた。なぜ。わからない。もどかしい。先を急げど届かない。

煽《あお》られぐらつき、性悪な突風を叱り飛ばす。

この体、飛ぶための体は、恐ろしく軽くできている。この頭はなにかを抱えるにはあまりにも軽すぎる。そうだ、私は歩くと忘れてしまうのだった。忘れないために、巣の前に積んだ皆の骨の前から一歩も動かなかったのだ。ひび割れた殻、涙のように染み出た白身。首をへし折られ風に揺れながら血抜きをされる妻。その肉をネギと綴《と》じんがためつなぎに山芋を入れ火にあぶられた、ぐちゃぐちゃの黄身白身、脂と甘めの醬油だれが焦げた焼きたての香ばしい匂い、丼の中炊き立ての新米の上で三つ葉で彩られ、悲鳴にかわり豊かな湯気をあげていた我が一族。

黍団子で命をながらえたのは、鬼退治をするためだ。

ずくんずくんと首の後ろでどす黒い血潮が無理くり肉を広げて暴れ狂っている。決して殺すなとは異なことを。なんの気まぐれか知らないが、鬼退治は弔いであり善行でもある、それはもう間違いのないことだ。誰にも邪魔などさせるものか。滅殺滅殺滅殺滅殺滅殺、沸きあがる憤怒《ふんぬ》のままにカチカチと嘴を打ち鳴らし、真っ赤な頭をまっすぐ鬼ヶ島に向けて飛ぶ。ぬっ殺す。鬼は残らずぬっ殺す。風をひねりあげ、雲を貫き、極限をこじ開け空を駆ける。

島が見えてきた。

赤黒い地べたから立ち昇る黒いもやが揺れている。煙のように見えるのは羽虫の群れだ。血を吸った土は骸の切れ端と交じりあい、青黒く腐りながら膨れて、あちこち筋が浮いて脈を打つ。腐り水に生まれ湧き遊ぶおびただしい数の手足のない幼虫と、それが成長した羽虫のせいで島全体がうごめいている。

おおそこか見つけたぞ。草木は絶えかわりにそこら中に生えてくる指は、放っておくと数日で空に向かってのたくる毛深い腕になるため、一本一本抜き取って切り刻んでやる。どろどろの地べたにあいた蟹穴《かにあな》のような小さなくぼみの奥に嘴を差しこみ、そこに潜む黄色い目玉を一つ一つつまみ出して潰してやる。潮の引いた浅瀬の岩場にみっしり張りついた唇も一つ一つむしり取ってやる。切り刻んでも切り刻んでも、鬼どもは元の形に戻ろうとする。黴や苔のようできりがない、と思う。

ありがたい。

鬼どもの青い血を浴びるこの時だけ、私は皆と共にある。忘れずにすむ。皆をこの世につなぎとめられるのは、私だけだ。暴れつくした後、羽根休めに荒れ果てた天守の上に立とうとして、大屋根を転げ落ちる。足を縛られていることとを思いだしながら、どうにかしがみついた巴瓦《ともえがわら》によじ登り、島を見渡し荒らげた息とともに、異常なしと叫ぶ。吹き過ぎる海風はむなし、むなしとささやくようで、しゃにむに羽ばたき風を切り裂く。

黙れ。

鬼の返り血で塗りつぶされた目を空に向ける。青い影が青い雲を急き立てて夜明け前のようにも見えるが、私の影は少しずつ、疑いなく伸びていく。じきに日暮れだ。まだまだ血が足りないが、南の海っぺりにとっておきがある。ごろごろ積み重なった大岩の上に生えた、鬼の首だ。嘴の届かぬ岩の隙間で湧いたはいいが身動きもとれぬまま山芋のようにひょろひょろぐねぐねに育った鬼どもの成れの果て。大小あわせて三十余りの首だけが岩の隙間から窮屈《きゅうくつ》そうに顔を出す。摘んでも摘んでも生えてくる首畑だ。残らずかち割ってやる。

ぬっ殺す。

甍《いらか》を蹴る。墜落に任せて風をためて、思い切り叩きつけるように羽ばたく。

殺して殺して、日没とともに桃次郎屋敷へと飛び立つまで殺す。

めでたしめでたし

目を覚ますと人娘が見下ろしていた。

夜でも白髪が目立つが顔はうんと若く、口元をきつくむすんでいる。見返したとたんに大きく開かれた目の玉が水気をふくんで、あふれることなく目じりに光をためる。私をささえる腕の、危なげのない、しかしいたわるような力加減で、ひどく心配をかけていたのだとわかる。ああ良かった。この人娘はきっと良い人だ。

どなたか存じ上げませんが助けていただきかたじけない。

人娘は湯を張った盥で丁寧に丁寧に体を清めてくれる。こんなにしてもらって良いものかと雉は思うが、羽根の隙間から体の隅々にまで滑りこんでくる細い指は夏の夕凪《ゆうなぎ》の穏やかさで、そのうち湯気に絡めとられてうとうとしていると、人娘が夢を見たと話しだす。夢の中で私とあなたはどこまでも遠くへ行くのだと。そう聞くと私もいつかそんな夢を見た気がしてきて、湯からあがり大きく一度羽ばたいて水しぶきを飛ばし、言ってみる。

遠くは無理でも散歩くらいできたらいいね。

人娘はうなずいて、私を背負子《しょいこ》に乗せる。庭を降りて星月夜《ほしづきよ》の道を揺られながら、朝早くに井戸で皿《さら》を洗っていたら突然体が震えてきてああやっぱり冬がくるんだとわかるとか、昨日屋敷の屋根の上を栗鼠《りす》が走ったとか、肩の向こうからぽつりぽつりと教えてもらううち、人娘の名前が知りたくなる。

あなたの妻の佳代です。

そうか、たしかにそうかもしれない。これは失礼したね。

私の声は、ひどく心もとない。目を閉じ佳代を探しても、なにも触れない。

雲一つない、風も吹かずお天道様もない、青すぎる空っぽに立ちすくむ。

もし幸せな作り話をしたとしたら雉様は幸せですか。

ふいにそんなことを聞かれて頭を巡らせると、嘴の先はしっとり汗ばんだ佳代の横顔を囲むようにぐるりと弧を描き、声の続きが聞きたい私はうなずいてみせる。

ああそうかもしれないねそれは幸せかもしれないね。

あなたは鬼を退治して宝物を取り返しました。これからは戦うこともなく、あたしと静かに暮らします。ご褒美をもらったから、食べるものも着るものもそのほかも、なにも心配ありません。

安泰だね、これは作り話なの。

そう聞くと佳代は立ち止まり、首元の汗を拭く。

どちらか全部なんてものはないんだな、と笑い、その声は耳の奥でころころと、小さな軽い木の実のようで、気持ちをころころと平たくならされた私は目を閉じる。

めでたしめでたし

星の薄明かりになじむ景色を雑と見るたび、佳代はこのままどこまでも歩いてしまいたいという気持ちになる。なにも持たないあたしが外で生きていけないことなど、わかっている。村はずれの、あの小さな橋を渡るなんてことは、この先もきっと無い。そのかわりに佳代は散歩のたびに必ず橋の前を通り、御宝行列に並ぶ者が煮炊きする火が連なる、小川を越えて闇をめくりあげるように伸びていく街道に目を凝らす。

水車小屋の方から痰の絡んだ咳が聞こえた。ああ逢引《あいび》きだと佳代は思う。男に手を引かれ村はずれの水車小屋へと駆けていく。そんな姐《あね》さん達を幾度も見た。

女の方の声が突然大きくなった。

「正直にお言い、あちきがいいのか尻がいいのかどっちなんだい、この色男」

負けじと相手のしゃがれ声も大きくなり、すねたように応じた。

「お前とお前の尻はつながっておるじゃないか、どちらでもええじゃないか」

ぼやぼやしてたら橋を渡ってしまいそうな気がして、佳代はもと来た道を引き返した。

「桃次郎様が待ってますから」

雉の返事はない。返事はない。眠ってしまったらしい。

いつか遠く、遠く。そこでは佳代もまた、いまの暮らしを抜け出した新しい佳代となり、雉の背を撫でながらささやく。どうか安心なさってください。命がある限り、そばにおります。明日もまた私が妻だと伝えましょう。湿った黒い土の匂いのする納屋で藁束《わらたば》に頬をこすりつけながら眠る時、その時を思い描いて佳代は自分を慰めた。

第七章

猿は夜中に目が覚めた。このところ遠浅の眠りが続いていた。眠っているのと変わらぬ深い呼吸のまま、気づけば闇を見つめていて、のべつ痒みをぶり返す背中や耳の裏を掻いたりしながら辛抱するが、しんと静まり返った寝床で目を閉じると耳鳴りが始まり、やがてそれが甲羅のひしゃげるような音に変わり、猿はたまらずうなり声をあげ寝返りをうった。いつまでたっても朝は来ず仕方なく寝床を出ると何度目かの厠《かわや》へ行き、それから台所で冷や飯を握り、庭の築山に掘られた横穴をそうっとのぞく。

まだいるだろうか。

昼間に御白州で怒り泣きだし、男か女かはっきりしないきんきん声で「宝を返していただくまでは帰らんからね」と言い放ち、止めるひまもなく築山に巣穴を掘り引きこもってしまった八十吉《やそきち》が、穴の奥から赤く光る目でこちらを見返していた。

なにか必要なものがないかたずね、しばらく間があってから返ってきた「んなもん宝に決まっとるでしょうが」との鋭い声に怯みながらも、腹がすいてはおらぬか、と握り飯を差し出す。赤い目がちょっと揺れて、「ちょっとどういうつもりかわからないんですけど、貴方ケチ次郎の家来ですよね、宝を返さないどころか殺そうっていうんですかこの悪党は、かわいそうなこの八十吉を、毒で、毒で惨《むご》たらしく」まくし立てるうちに興奮し始め、巣穴の奥へ行ったり戻ってきたりしながら天井に頭をごりごり擦りつけ、どれくらい強く擦りつけていたかというと「ほんとなんなのっすか」と叫びながら巣穴から顔を出した時に頭のてっぺんだけ毛が無くなって薄く煙が立ちのぼっているほどだった。

心配ない、このとおりと握り飯の端っこを猿がかじるのを、赤い目は瞬きもせず見つめ、ほれ、と伸ばした手の先からひったくるようにして一口で食べてしまった。

猿は急ぎ寝床に戻ったが、そんな施しなど一時しのぎに過ぎないことはわかっているのだ。結局眠れずにまた巣穴をのぞきに行った。握り飯の効能は凄まじく、八十吉は猿を「旦那」と呼ぶだけでなく巣穴から半身を出して、はにかみながらも笑みまで見せてくれて、猿にはそれがとても可愛らしく、つぶらな瞳の涙をぬぐい去ってやりたいと強く思うのだった。

憎まれ役はもう御免だ。

「追帳株《おいちょかぶ》でご隠居をやり込めた時に譲り受けたもんだ。見てくだされればわかりますって、帝釈天《たいしゃくてん》騎《き》象像《ぞうぞう》の足の裏に八十吉と小さく書いてありますんで。八十吉はあたしの名ですからね。千羽山《せんばやま》に住んどる両親ならびに七十九人の兄姉が証人ですよ」

すっかり甘えて、猿の膝に頭を乗せて御白州で言っていたことを繰り返している。持ち主しか知り得ぬ話で証を立てるには十分と思われたが、御君は調べようともしなかった。私か犬殿に一言、蔵に行って見て参れと命じればすむ話なのに。

やはりおかしい。これまでさんざん御君が宝物を返したくても返せない理由をあげつらってきたが、もうこれは、はなから返す気など無いのかもしれない。しかしなぜ。どう考えても筋が通らず、頭から振り払うこともできず、いつにもまして眠れなくなってしまったのだ。

「旦那は悪くないよ」

腹にぽっと火が灯り、その温《ぬく》さに節々が緩みほどけていく。

「すまぬ。よく聞こえなかった。もういっぺん言ってくれ」

「旦那はなんにも悪くない。だって親切だもの」

八十吉の焦げ臭い頭には擦り切れた短い毛が残っていて、撫でると思いのほか手ざわりが良く、猿は素早くこすったりゆっくりさすったり、軽く押さえつけたり爪を立てたりして遊びながら、泣いてしまいたい気持ちになっていた。

この子の執念は尽きることがないだろう。いずれやけを起こして蔵へと走り、石にされてしまうのは目に見えている。猿は明日まで待ってほしいと八十吉に告げ、御君にかけあい必ず帝釈天騎象像の足の裏をあらためると約束した。

「あっは、本当ですか」

八十吉は巣穴を飛び出し猿の足元でくるくる回り、それからじっと猿を見つめた。なんと正直な目だろう。まつ毛だけが濡れて両の瞳は赤く、思いがけなく強く鋭く、我と我が信念をつなごうと鎹《かすがい》を打ちこむかのよう。それでいて無邪気なままの八十吉から目をそらすことができず、息も止まりそうだ。

「そうそう、足の裏ってのは象の足じゃないよっ。帝釈天の方ですからそこはお間違いなくっ」

猿は辛うじてうなずいてみせ、もうしばらく辛抱してくれ、と硬く短い毛に覆われた頭をさすり寝床に戻ったが、結局一睡もできなかった。布団の中で目は異様に冴えて、ああ言えばこう言う、こう来たらああ返す、と頭の中で何度も桃次郎との問答を重ね、夜が明けてもまだ策を練り続けた。

翌朝、早速猿は蔵の観音開きを叩いた。

——なんですか、こんな朝早くに。

迷惑そうな桃次郎の声に構わず、昨日の八十吉某《なにがし》を覚えておいででしょうかと切り出した。覚えておるよと蔵の中から声が返ってくるや、猿は大事なお話でございますと畳みかける。

「あの者が申していたことが気になり勝手ながら、あらためて当人に確かめましたところ、博打のかたに手に入れたこと、像に名を記してあること、御白州での申し立てと寸分の食い違いもなく、嘘とは到底思えませぬ。ここは一度、帝釈天騎象像をあらためてみるのが筋かと」

観音開きの向こうで小さな咳払いが聞こえたが、それだけだ。どれだけ訴えようとも聞いているのかいないのかということの態度。話にならぬのは日々の御白州と変わりなく、だが同じ手は食わぬと、さらに大きく膨らませた声を蔵に押しこんだ。

「御君の考えは如何《いか》に」

やはり返事はない。猿はさらに大胆になり、扉をがたがたと揺すりはじめた。

「あれ御君はここにいらっしゃいませぬか」

御免という声かけと共に激しく蹴りつけた。何度か蹴りつけると、扉がゆっくりと開いた。

――そんな乱暴に蹴飛ばしたら、駄目じゃないか。

息を切らした猿は、やつれて目の落ちくぼんだ桃次郎を見て、次に腕に抱えられた桐の香箱を見て、すると勝手に唇が引きあがり歯がむける。不信感にとどまらず、もう猿は桃次郎を憎んでしまいそうだった。

――ちょっと待ってなさい。

猿を押しとどめ、さっと奥へ引っこむ背中に「そうそう、像の足の裏ですよ、お間違いなく」と追い打ちをかけ、毛づくろいをしながら待つことしばし、帝釈天騎象像を持った桃次郎が扉の隙間から顔を出した。

――見てごらんなさい猿よ。名など入っておらんぞ。

桃次郎に渡された帝釈天騎象像をひっくり返し、猿が声を弾ませる。

「ほらほら、あるではないですか、ここ」

唾《つば》を飛ばしてはしゃぐ猿の指先が、帝釈天の小豆ほどに狭い沓《くつ》の裏をとんとん叩いた。桃次郎が顔を近づけて目を凝らすと、ひどく細かい八十吉という文字が見えた。

——象と申したではないか。

「ええ像です。帝釈天騎象像です」

——しかし普通、名を入れるなら象の足に書くだろう。

「八十吉某がなぜ平べったくて広い象の足ではなくこちらに書いたのかわかりかねますが、八十吉はあの者が申した通りあの者の名であり、持ち主しか知り得ぬとはいかずとも、手に取りじっくり調べないとわからないほど。私に言われるまで御君ですら看破できなかったほどであり、これをもってあの者が帝釈天騎象像の持ち主であるという証となるはず」

——猿よ。八十吉という名の者は他にもいるであろう。

「なぜ宝物を返してやらぬのです」

桃次郎は猿の目が恐ろしかった。当たり前なのだ。賢い猿が納得するはずがない。此方の行いは、あの旅の大いなる志とはまるっきり真逆なのだから。

「寝ても覚めても鬼の首、あなたは、どうしてしまわれたのですか」

猿が香箱をひったくろうとして、蓋が飛んだ。狭い入口で遠慮交じりの、ちょこちょこと手先だけの小競り合いのあと、猿の手が届かない頭上に箱を掲げ桃次郎は思った。

これもまた歪みを戻さんとするさだめの応力《おうりょく》か。見習いの操り人形師の気分だ。ごまかしごまかし終焉《しゅうえん》を引き延ばしても、引き延ばすにつれ家来が、民がそれぞれ勝手に動きだし、際限なく枝わかれしていく因果《いんが》の糸でがんじがらめだ。いつまでこれに耐えられるのか。洗いざらいぶちまけるにせよ、片っ端から石にするにせよ、今世を終わらせるにせよ、いつまで耐えねばならぬのだ。

しかし其方は日本一の英雄なのですよ。

桐の箱の中から柔らかい声が押しとどめる。温羅よ目覚めたかと、その艶やかな頬に引き寄せられた指先に痛みが走り、見ると赤い血の玉がぷっくり盛りあがっている。血潮に濡れた唇をぺろりと舐めて温羅がしみじみと言う。

豆まき、ね。あのお馴染みの掛け声を思いだしてごらんなさい。内と外の境目なんて、もとをたどればこの薄皮一枚、それだけでしょうに。其方も此方も、鬼も人も地虫の類も、さらには大地に空に塵芥《ちりあくた》にいたるすべてこれ、大日如来の分身なのだから。

どうです。打ち勝とうなど、考えるのも馬鹿らしくなりませんか。さあ、肩の力を抜いて。さしもの桃次郎といえども相手が悪すぎ。のらりくらりで丁度良いくらいです。受け流し、かわし、粘《ねば》るしかないのです。ぎりぎりまで。砂時計の最期の一粒を見極《みきわ》めひっくり返すその時まで。がんばれ。

桃次郎は喘《あえ》ぐ形に開いた口のまま息を吐いた。

――誤解だ猿。宝物を民に返したいという気持ちは此方もまったく同じだ。哀れに思っている。疑わずこだわらず、宝などとっとと返していれば大恩ある爺様婆様も死なずにすんだかもしれぬ。息ができぬほど心苦しい時だってある。御白州に膝つく嘆願人も、御宝行列もできるだけ目に入れないようにしているほどだ。お前の見立て通り、帝釈天騎象像の持ち主は八十吉に相違あるまい。猿よ、天晴だ。すぐにでも返してやるといい。

像を手に八十吉のもとへ勇み駆けながら、猿はたったいま香箱の奥にちらりと見えた世にも美しい首を思い返した。はてと思う。腐臭がしなかった。雉がえぐったはずの両の目がすっかり元通りになっていた。

いやあり得ぬ。温羅は死んだのだ。さては連夜の寝不足か、私としたことが呆けておったらしい。

散々毛をむしってきた二の腕をさすった。生えかけの手ざわりが心地《ここち》よく、猿は笑みをこぼす。いくぶんか、ましになるだろう。そう捨てたものではないのだ。こちらが死に物狂いで当たればどうだ、耳を傾け胸の内をお話ししてくださったではないか。

桃次郎は、母屋の縁側に座り長いこと朝の空を眺めていた。やがて尼子山《あまごさん》の稜線《りょうせん》にのしかかる灰色の雲に薄気味悪い皺が寄り、忘れようもない雷鳴に似た轟とともに山頂あたりからじじり、じりりと宝物一つ分だけ空がめくれていくのを確かめてから屋敷を出た。満足げな猿に見送られ街道に向かう八十吉の後をつけ、人気のない河原の焼き場の手前まで来たところで、おはようと声をかけた。

温羅は教えてくれた。今世には唯一無二の主役がいる。それが此方だ。此方が勝って故郷に錦《にしき》を飾る、すなわち鬼退治の貫徹《かんてつ》と宝を取り戻した民の目出度《めでた》き熱狂をもってめでたしとなり一巻《いっかん》の終わり、すなわち今世は終わる、それが大日如来の手に紡《つむ》がれし、さだめなのだと。

終わるのが当たり前などと誰が決めたっ。

叫んだ拍子に、額に亀裂《きれつ》が走り目玉がのぞく。桃次郎の眼界《がんかい》は幾千幾万《いくせんいくまん》のマス目に覆われ、ただならぬ気配に逃げだす八十吉はあまたの「い」と「し」で埋めつくされた河原を遠ざかる「む」と「じ」と「な」の連なりとなる。「む」と「じ」と「な」が立ち止まる。

許せ八十吉。

きゃっと叫んだ大日如来の手先が振り向く寸前に「こ」「お」「に」に書き換え、角が生えたのを見届けてから「あ」「け」「び」と書き替えた。

また一体。屠《ほふ》りすぎた鬼を少しでも増やさなくては。止むを得ず、とはいえただ命を奪うのは忍びなく、宝を狙う盗人は仕置きがてら鬼にしてきた。これでめでたしを遠ざけることができるのかは温羅にもわからないらしいが、なにかの足しにはなるはずだ。死んでしまっては意味がなく、さりとて乱暴狼藉《らんぼうろうぜき》など働かれては困るため石にするのが常だが、こたびは念のため面影がはっきり残らない樹木にしておいた。このごろ猿はやたら勘が鋭く、用心するに越したことはない。

誰にも見られず首尾は上々、なのだろう。

石と化す寸前に八十吉の口は「おに」と発した。断じて違う。そう言いたいところだが、賊でもない者を石にした手ざわりがまだ残っている。さらに具合の悪いことに、もとより此方は産まれからして人ではなかったことに思い至り、重たい泥のようななにかが喉をずんとせりあがってくる。河原に膝をつき、体をくの字に折って待ったが、飢えた赤子のような声が漏れ出るのみだった。

第八章

こんな夜更けに、叱られないかね。

そう言いながら背負子の雉の声は心なしか弾んでいた。湯浴みの後の散歩は佳代と雉の習慣になっていた。星の薄明かりになじむ小さな景色を見ながら、佳代は背中の雉にぽつりぽつり思い浮かぶままに話す。

「犬様がこっぴどく叱られてましたよ。夕食の少し前のことです。宝物に小便をかけているところを見つかったんだそうです。桃次郎様、それはもうかんかんで、なぜ勝手に蔵に入ったと」

またどうしてそんなことを。

「さあ。なにしろお叱りを受けても、わんわん取り乱すばかり、ついには泣きながら屋敷を飛び出していったものですから。桃次郎様も桃次郎様ですよ。このワンちゃんはどうして言うことを聞けないのかな、とか、それでもお手ならできるかな、とか童《わっぱ》に話すような、それでいて突き放すような言い方で責め立てて。あれではたまったものじゃありませんよ。きっと今頃お腹をすかせてるはずです」

厠に間に合わなかったのかな。

「どうでしょう。だって、宝物は蔵にしまってあるんですよ。わざわざ入るなと言われてる蔵に入ったんです。変ですよ。いえ、このごろはお屋敷にいる方々みんな変です」

暗い夜道をぶらぶらしてる私らもね。

雉がくすくす笑った。佳代はこのままどこまでも歩いてしまいたいという気持ちになる。二人の笑う声はすぐに風にかき消された。はやる雲に月が隠れて、そこだけ黒々と影になった小ぶりな林が右手に揺れている。葉がこすれあう音とはまた別の音が混じっているようで、なにがどうとは言えないが気がかりで、雉がそう言うと佳代が足を止める。

「風に運ばれた木々のうめき声でしょう。河原のあの林、あれはいつの間にかあったんです。はじめはアケビ、何日かしてまた一本とちょっとずつ木が増えていくんです。だんだん伸びるんじゃなくて、いきなり。それも梅に柿に桃、

山茶花《さざんか》に枇杷《びわ》に楓《かえで》に松に杉、無花果《いちじく》に百日紅《さるすべり》に金木犀《きんもくせい》、全部違う木。でたらめで気味が悪いったらない。宝物を返してもらえなかった人達が、悔しくてもう歩けなくなってしまったり、並び直す気概が無くなってしまったり。そういう哀れな人達の足から根っこが生えて木になってしまった。そう言って人々が怖がってます」

まさか。人が木になるなんてこと。

「恨み言と慰めあいに時を忘れ夜明けになってしまい、それを恥じて木になってしまったんだという人もいます。その身を木に変えても相変わらず、まだひそひそと愚痴《ぐち》を言いあってると」

どうして宝物を返してもらえないのだろう。

「蔵にちゃんとあるんです。でも桃次郎様がなかなか首を縦に振らない」

なにかお考えがあるのだろう。

「わかりっこないですよ」

誰も聞いてみないの。

「無駄ですよ、いつもすっとぼけてだんまりじゃありませんか。卑怯ですよ、あのお方は」

突然に佳代の口調がとげとげしくなったことに雉は驚いたが、誰よりも驚いたのは当の佳代だった。そんなことを口にしてはいけないよ、万一御君に聞かれたら、と雉は大きく広げた翼で後ろから佳代の顔を覆い隠した。

佳代はふわふわと柔らかなものに包み守られる心地よさになにもかも預けてしまいたくなって、なのに桃次郎様のことは忘れずちゃんと覚えてるんだなあ、と思う。ひどく忘れっぽいと言っても、生まれたばかりの赤ん坊とは違う。飛び方も言葉も知っている。でもあたしは消される側だ。佳代です、佳代と申します。顔を合わせるたびに名を伝えている。消されるものと、消されないものとの違いはなに……。

大切なものだけ覚えてるのか。

自分を憐れみそうになり、踏みとどまった。十で売られた下女にそれは手慣れすぎて、なによりたやすいから。佳代は呼吸するごとの、ひそかな頬ずりにくらくらしながら思う。雉様に名乗るのは嫌いではない。なにかの間違いで役者にでもなったようで、いつぞやはつい出来心《できごころ》で妻などと、ふざけすぎてしまうこともあった。言ってしまってからの方が余程はらはらしたが、雉があっそうなのかとつるりと呑みこんだ時にはほっとするような、物足りないような気分だった。あたしは忘れられたって楽しんでいる。

　雉のぬくもりにすっぽり包まれながら前向きな考えを並べてみたが、それで雉の心に残してもらえない腹立たしさは帳消しにはならず、佳代は再び桃次郎の不義理に目を向けた。

「聞かれたっていいです。皆言ってます。だんまりうつけのケチ次郎って」

　雉が困っているのがわかった。ぬくもりだったものが蒸し暑さに変わり、息苦しさすら覚えた佳代は羽根を押しのけて夜気《やき》を深く吸いこんだ。

　屋敷まで戻ると、土塀の陰で舌を出し無防備な腹をさらした犬が倒れていた。

「むごい。こんな所で野ざらしとは。叱られたからって、なにも死ぬこと」

　佳代が声をひそめた。

「いいえ死んだふりです。ほら耳がぴんと立ちあがってる」

　犬はうっすら目を開けて甘く鳴いた。

「どうしてもっと早く見つけてくださらぬ」

　涙に溶けた星明かりに飾られ見下ろしているのは、小汚い人娘。その肩の向こうから「それなら一緒に帰りましょう」とにょっきり飛び出す雉の、いかにも空っぽ頭といった人の好さそうな顔。心配した御君が探しに来ることを夢想していたが、待ちくたびれて、打ちのめされて、声をかけてくれるならもう誰でも良かったはずなのに、たまらなく恥ずかしくなり、犬は真っ赤に焼けた鉄の棒のように体をこわばらせ、なんでも良いからとにかく嚙みつきたくなり、ちょうど目の前に人娘のふくらはぎが見え、そのふくふくとした白い肉塊に引きこまれかけるがさすがにそれはまずいと思い直し、己の前脚を嚙むが加減が難しく痛くて涙がにじみ、それらすべてを悟られぬよう、どうでもよさそうに大きなため息をついてみせると「仕っ方ねえなあ、じゃあ行くわ」と吐き捨て佳代の後をついて行った。

佳代が裏口にまわり木戸を開けると、薄暗がりの井戸端で水仕事をしていた猿が顔を上げ、手に持った螺鈿の壺を振って見せる。

「佳代か、雉もおるな。ちょうど良いところに来てくれた。加勢してくれんか。御君が蔵の掃除はどうしても自分でやると言って聞かぬのだ。かわりにこっちをと頼まれた。小便まみれになった宝物を洗おうと頑張っておるのだが、なにしろ数が多い。それにしても、どうしてこんなに臭いのだろう。たいてい小便というものは臭いものだが、これはちょっと異常ではないか。犬というものは、皆小便がこんなに臭いのか、さに非《あら》ずあの頓珍漢《とんちんかん》の小便ゆえか」

歯を見せ笑いかけたところで、佳代の表情からただならぬものを嗅ぎ取り、ようやく木戸の陰で朽ちかけた犬に勘づいた猿は、顔の皮ごと口にたくしこんでしまうかという勢いで黙った。

全部洗うのですか、と佳代が聞く。猿は壺を洗うのに熱中している体で、犬を見ないよう不自然に首を捻じったまま「洗えるものはな。書物や絵は拭き取るくらいしかできぬが」と早口に答えた。

「俺の首を切ってくれぇ」

犬がうめいた。

「後生《ごしょう》だ猿。そこの宝剣《ほうけん》のどれでもいい、すぱっとやってくれ」

「気弱なことを申すな犬殿らしくもない。死ぬ気なら一つ答えてくれぬか、なぜ宝に、あのような」

「御君は俺の首もかわいがってくれるかなあ」

うなだれた犬の煩悩窪《ぼんのくぼ》から、うふふとこもった笑い声が立ちのぼり、張り子の牛のようにゆらゆら頭を振る。

「見まわりをしていて、蔵の南京錠が外れているのを見つけた。かけ直そうとしたがうまく嵌《はま》らない。壊れていたのだ。ひしめく宝物の隙間をうろついて、隅っこで筵にくるまる御君を見つけた、日々の御白州でお疲れなのだろう、よく眠っておられた。よっぽど静かで、埃っぽい匂いしかしなくて、御君はいるのに匂いがしなくて、そんなわけないぞとよくよく嗅いでるうちに御君の匂いを忘れてしまった気がして……わからなくなって、わからんうちに宝物が汚れていて、顔をしかめた御君が、俺を見ていた。

「怖がることないよ。きっと疲れてるんだ。うんと休むといい」

雉の励ましが聞こえぬかのように、犬は頭を振り続ける。

「御君は俺を見ていた。すごく冷たい目で、黍団子一つの価値もない、とこうだ。たまらず身を縮めた。御君の顔を見ることができなかった。薄暗い蔵で、ろうそくの明かりが揺れていたのだ。なんとなくそれを見ていたら少し腹が減ったと、たしかそう思った。夕食前だったから、それは間違いない。俺の腹は物覚えがすごくいいのだ。間違って夜中になにか口にでもしたら、次から眠っていても同じ刻に腹が減って目が覚めてしまうほどだ。それで、すごく物覚えがいい腹が少し減ったなと思って、それからこんなことを考えていた。あそこには利得の明らかなものに混じって、なぜそれが宝なのか見当もつかぬものもあるが、当の持ち主にとっては何物にも代えがたい宝なのだろうと。かけがえのない我が子のような、その者にしか本当の価値を知りえない、その者とまごうことなき一対となるような、そういうものこそ宝の中の宝と言えるのかもしれない。俺にとってのあの方のような。あの方にとっての俺のような。

　毎日散歩に連れてってくれた。俺が求めれば必ず見抜いて笑いかけてくれた。足を擦りむいた時に塗ってくださった軟膏は、うれしくてもったいなくて、すべてこっそり舐めてしまった。かつてそんなことがあったのだ。いまではあの美しい鬼の首に夢中で俺になどこれっぽっちも目もくれないが」

　犬の頬を覆う短い毛の上を、玉になった涙がぽろぽろ滑り落ちていった。

「旅は終わったのだ」

　猿が言う。

「私とて同じよ。以前の御君と我々はなにもかもが、うん、ぴったりだった。出会った時はなにやら日本一と大書されたのぼりが近づいてくるのを見て、あんなものを自分で書くとは、なんというぬぼれ屋だろうとな、こっちが恥ずかしくなったものだ」

「相当ひねくれてたんですね」

　佳代が意外そうに言うのを苦笑いで返し、猿は腰の古傷に手を当てる。

「柿をくれだのやらんだの下らんもめ事でな、こっぴどくやられてから思うところがあってしばらく出家《しゅっけ》していたのだが、どうにも悟りとは縁がないと腐っておったらあの御君がやってきた。とにかくひとつ顔を拝ませてもらおうじゃないかと木からすべり降りてみたらどうして、御君の目を見たとたん、あれが天啓《てんけい》というものだろうか。ああ、私の生は私のものではなかったのだと感じたのだ。これで生き直せるぞと、そう思ったのだ」

線刻釈迦三尊等鏡像《せんこくしゃかさんぞんとうきょうぞう》を勢いよく振って水気を飛ばし、佳代が鼻を鳴らす。

「そうでしょうか。どう見てもすっかり燃えつきたという目ですよ、あれは。雉様が朝から鬼ヶ島に通わないといけないのだって、桃次郎様がだらしないからでしょう。ちゃんと鬼退治のかたをつけないから」

「御君を馬鹿にする奴は」とさえぎる犬を、佳代はさらにさえぎる。

「他人事ですか」

そう吐き捨てながら牡丹《ぼたん》の前立ての兜《かぶと》に桶の水をぶっかける。

「いまさっき泣きべそかいてたくせに。もとの桃次郎様がどれだけ立派でいい御主人だったか存じませんがね。はたから見てると、あれは家来を家来とも思ってないですよ。だいたい宝物を返さないってのはどういう料簡《りょうけん》ですか」

「犬殿、気をつけよ。今宵《こよい》の佳代殿はいつになく手厳しい」

肩を揺すり笑い、猿はいやはや、と小指の先で額を掻いたが、「いやはや」というつぶやきで鷹揚《おうよう》ぶる己の誤魔化しに気づいたとたんに、立っていられないほどの虚しさに襲われた。御白州で泣いたり取り乱したり呆然とする、多くの顔を見てきた。ただ見ることしかできずにいた。頼むから私を憎まないでほしい。

「私だって辛いのだ。だからこそ八十吉がはっきり持ち主であるとわかったおりには粘りに粘って御君を納得させた。他にもこれはたしかにと思えば必ず御君にかけあっておるし、少しずつではあるが宝を取り戻す者も増えてきた」

勘弁するがにっ、という叫びも、甲羅のひしゃげる音もはっきりこの耳にこびりついている。なぜあんなことをしたのか。柿を喰いたい、本当にただそれだけのために私は殺したのか。時が過ぎていくにつれ、どんどんわからなくなる。申し訳ないという思いは消えないが、申し訳なさに変わりがないかと言われると、大層心もとない。時に洗われ手ざわりや声、私の罪が抜け殻のようになっていく。それが恐ろしい。数十年の時を経た私の本音はこうだ。そそのかされたのだ。邪悪《じゃあく》であれと、さだめが私にそうささやいていたのだ。こんな身勝手な言い分、恥ずかしくて誰にも言えぬ。私自身が耐え難い。だから本音を差し置いて、どうしてこうなったと念仏がわりに問い続ける。答えなど無いと知りながら、どうしてこうなった。甲羅のひしゃげる音を聞きながら、どうしてこうなった。嫌だ。憎まれ役はもう、金輪際《こんりんざい》御免だ。

ゆすぎ終えた羽衣をばしんと打ち振り、佳代が唇の端をひん曲げる。

「だから猿様。それ、桃次郎様は返したがってないってことじゃないですか」

「わからん。いやそうではない、考えないだけだ。我々は家来なのだ」

猿は苦い言葉を吐き出した。

「そんなの言われなくても、わかっている」

犬がつまらなそうに鼻を鳴らした。

「わかっていて俺は振るのだ。どんな御君だって頓着無《とんちゃくな》しで振る。誰になにを言われたって我が御君がために尻尾を振ってみせる。それが俺という犬なのだ」

猿はぎょっとして犬を見た。お馴染みの犬流の強がりなのはわかる。わかりたくもないがわかる。それはそれとして、ずいぶん恐ろしいことを言う。家来になったのは世のため人のためではないというのか。主人が道を逸れたら、それを正すのが家来の役目ではないのか。

つくづくあわれな奴だ。自分の言ったことにうんうんうなずき、この世のすべてとすら引き換えにできるものを知る、あるいは知った気になった潤む目のままで幸福そうに身を揺らす犬に、そなたが切るべきは首ではなくその尻尾ではないかと言ってやりたい。

しかし言えぬ。私もまた同類ではないか。

覚悟だ。これは私こそが欠くべからざる覚悟なのだ。水で満たした黄金の香《こう》炉《ろ》を激しく揺すっている佳代に向き直る。

「もとの御君を取り戻したい」

「ああまったくだ。散歩くらいはしてくれんとな。だいたいあんな首のどこがいいと言うのだ。いつ見てもきれいな顔してけしからん。首の癖に色気づきやがって気が散って仕方ない。化粧でもしているのではないかあれは」

犬が不貞腐れて鼻を鳴らすと、佳代がそういえば、とつぶやく。

「屋敷中、首の腐ったにおいで気分が悪くなりそうだったのに、いつの間にか」

猿は額に手を当てる。

「私も覚えがある。におわぬのだ。犬の言う通り肌艶《はだつや》も良くなっていた。柿の実だって、もいで十日も経てばすっかり熟し、ぐずぐずになり蝿がたかるというのに。それだけではない。鬼ヶ島で雉に潰された目が元通りになっているのを見たぞ」

言葉にしながら、猿は己の不覚をさとる。温羅は死んだという思いこみに煙に巻かれたが、たしかに目玉は治っていた。見間違いなどではない。それが証に、蓋の飛んだ箱の中から私をまっすぐ見返していたではないか。

「食事も厠も寝床もずっと首と一緒だったではないか。生きてるかのように接するのを見てきたではないか。あれは、鬼の首は、本当に生きているのかもしれんぞ」

佳代がなにそれ気味が悪い、と言いながら雉を抱きかかえた。

首、そうか首だったかと猿は独りごちる。御君はあの傷の癒える鬼の首に、つけこまれたのではないか。ひょっとして御君はすべてを為し終えた後の日々、故郷でつつましく暮らす、言わば蛇足《だそく》の日々を憂いておられるのではないか。宝物を返してしまえば、いよいよなにも無くなる。旅の終わりを僥む思いは御君も同じなのだ。その憂いが首に、すきを与えたのだとしたら。

「いまや御君の人が変わってしまったのに異論はなかろう。なぜ宝物を返さないのか。焼き場に現れたうめく林を知らぬわけではあるまい。民の苦しみを、我らの知る日本一の快男児が見過ごすわけがない。たぶらかされたのだ。これは鬼の首の呪いだ」

犬が跳ねるように身を起こす。呪いか、考えてみれば俺はもともと勇猛さと忠義の犬だったはずなのだ。そうか、道理で、そうだったのかと気力がみなぎってきた。おかしいと思っていたのだ。散歩に連れて行ってもらえないのも、誰にも言えないふしだらな疼《うず》きも、蔵でやらかした粗相《そそう》も、時々尻尾の付け根が痒いのも……。

全身の毛を逆立たせた犬は血走った目を猿に向け、なにもかも温羅のせいということだな、と唸り歯を鳴らした。奴がぼろを出した時、俺はばっと襲いかかり、頬べたに噛みついて思い切り振り回してやるのだ。頤《おとがい》を引き裂いてくれよう。こんなふうに、こんなふうに。犬は草履《ぞうり》を噛みしめて首を振り、空に大きな八の字を描いた。

佳代の腕の中でまどろみかけていた雉が、ぐっと首をもたげてつぶやいた。首だけになっても死なない鬼を、さて、どうしたものだろうね。

第九章

桃次郎は蔵の鍵をさらに厳重なものに換え、御白州にいない時は誰ともほとんど口もきかず、蔵にこもりきりだった。猿だけは相変わらず嘆願人の肩を持ちうるさく言ってくるが、それも心を閉ざし閂《かんぬき》さえかけてしまえばきゃっきゃと騒がしいだけで、声というよりただの鳴き声としてやりすごしてしまえるほどだ。そのせいかこの頃、桃次郎には家来の声がどうもよく聞き取れないのだった。嘆願人にいたってはことに顕著で、訴える者が獣の類ならなおさらだった。相手の思うところを探る必要が無くなったから聞き取れないのか、聞き取れなくなったから相手の思うところを探る必要が無くなったのかは、考えるに値しなかった。もはや桃次郎にとって、宝物を欲しがる者は一人残らず今世を終わらそうとする大日如来の手先だった。

築山の山椛《やまもみじ》の葉がうっすら黄色味を帯びたある日、御白州に来る者がぱたりと途絶えた。行列は相変わらず屋敷の前まで押し寄せているのに、なぜか桃次郎屋敷には誰も入ってこない。

先頭の白蔵主《はくぞうす》は門柱にもたれて首からぶら下げた法螺貝《ほらがい》を村の童に触らせていた。猿がなぜ門をくぐらぬのかと理由をたずねると、もう良いのです、とへらへら笑う。

「廃寺《はいじ》に落ち延びて久しきこの白蔵主が山を這い出し行列に加わったのは、宝の噂に囚われたからに相違ありません。しかし、このとおりもう自由の身なのでございます」

小さな宝珠《ほうじゅ》の冠を脱いで、頭を手拭いでこすった。坊主頭に伸びかけたちくちくの短毛を見た猿は、八十吉を思い起こさずにはいられなかった。

「どうした。宝のために、ここへ来たのではないのか」

「左様にございます。白状すると、この私は宝物なんて後にも先にも手にしたことなど、ございません。いいですか、一度たりともですね、手にしたことがないのでございます。行列に並ぶほとんどの者同様、あわよくば、という一心で並んだまでの、いわば、浅ましき衆生でございます。どうかこの点をご理解いただければ幸いでございます。しかし、もう良いのです」

「もう良いとはどういうことだ。諦めてしまったのか」

首を傾げて斜めに猿を見あげたままの白蔵主が微笑み、すると坊主頭の上でぴんぴん蚤《のみ》が飛び跳ねた。

「執着を捨て求め得られぬ苦を克服したのです」

「諦めたのとどこが違うのかわからんが、嘆願人ではないということだな。ならば、こんなところで雨風にさらされてないで、どこへなりと行けばよいではないか。どうだ、本当は宝物などいらんと、そうやって遠回しに我々を責めておるのだろう」

白蔵主が顎の先を小刻みに揺らす。猿が一言話す間にしたり顔で二度も三度もうなずく。だんだん腹が立ってきた。

「その件につきましてはですね、同志がおりますので。皆さん弾かれ者、欲のない連中です。奪われる物を持たず、奪う者もいない。ということは盗人もいないし、襲われる心配もない。そのような同志と落ち着いて語りあえる安居《あんご》、それが御宝行列という理解でよろしいでしょうか。よろしくて問題ないとの認識を同じくしておりますでしょうか、ですからええ、真の御宝であると、まさにそう、御宝行列なのです」

「そいつはすごいな。行列の連中など国中から集まった欲張りだと勝手にそう思っていたが、これは大変失礼した。なんとあれだけ大勢いて一人残らず、皆そのように殊勝な心掛けであるとは恐れ入る。となれば、この世はまっさらに白い骨のようなものというわけだ」

猿は手を叩いて身をよじり、笑い飛ばしてやった。

「しかしお主、今度は行列そのものに執着しておるのではないかな」

猿の嫌味に白蔵主は満面の笑みでうなずいた。

「いやこれは手厳しい。しかしながら宝がなんのためにあるのか、そこに頭を巡らせれば、おのずと御宝行列にまさる御宝無しと。まだまだ膨れあがります。弾かれ者は世間様がどしどしこちらに追いやりくださる。となればいずれ小川が本流にとって代わるのも自明、ええ、まさにこれ自明と申し上げてよろしくて」

白蔵主が言い終える前にそっぽではねつけ、猿は次の方ぁと声を張りあげた。土塀に沿い伸びる御宝行列に並ぶ者達は猿の声にちらりと顔をあげたが、皆一様に微笑むだけだった。

同じ日の昼下がり、庭の外がにわかに騒がしくなった。いったい何事かと鯨幕の外へ出てみると、身の丈一間もあろうかという髭入道《ひげにゅうどう》が庭に押し入ってくるところで、それを見た猿は、すわ鬼が来たかと身構えた。

「あたしゃお上の遣いだ」

入道は猿に覆いかぶさるように見下ろし、白いヤギ髭を震わせた。猿はそこになにか黒いものがたくさん引っついているのを見た。漆黒《しっこく》の道行《みちゆき》に身を包んだ姿は日暮れに怖いくらいに伸びあがった影そのもので、猿は気圧《けお》され呑みこまれそうになりながら、お上の遣いでございますかとたずねた。

あたしはそう言ったなあ、とだけ返し猿を貫き鯨幕の奥を見透かすように目を細める。

「やい桃次郎、そこにいるんだろ。聞けば宝なんざ端《はな》から返すつもりがねえって態度らしいじゃねえか、おめいったいなに考えてるんだ」

その言葉につられて、門につめかけたやじ馬から溜まりに溜まった不平不満が一気に噴き出す。それに驚き黙れ黙れと吠え声をあげて人々を追い回す犬の首根っこを、髭入道がひょいと捕まえ、細長い指で腹をくすぐりだす。犬がお構いなく、どうかお構いなくと宙を蹴り暴れながら、圧倒的な腕力になすすべもない無力な自身に興奮し息を荒らげだしたのを見届けるとたんに髭入道は興味を失い、振りかぶって築山に放り投げた。

「匂う、禍々《まがまが》しく匂うぞ。鬼だ、しかも親玉じゃねえか。とんでもねえ」

髭入道は眉根を寄せて鼻をひくつかせ、左右の指を二本ずつ交差させてできた方形の隙間から雲の垂れこめる空を睨みつけた。

「成仏《じょうぶつ》しろ成仏しろと、空からうようよ仲間の鬼どもの手が見える、あっちこっちでうねってやがる。こりゃ呪いだ。成仏させなきゃ駄目だ。親玉の首が成仏しねえ限り、子分は後から後から湧いてくるぞ。桃次郎がおかしいのもそのせいだ。さっさと元いた所に鬼の首を返してやらんとえらいことになるぞ。他にもまだ、うろうろしてるな。いったい、なんだこりゃ」

首をひねった髭入道は六根清浄《ろっこんしょうじょう》六根清浄と口の中でぶつぶつやり合掌したきり押し黙ったかと思うと、急にきんきん声でまくし立て始めた。

「河原で、雨にさらされ風に揺れるだけのアケビにされちまった八十吉の、哀れな哀れなこの八十吉の身の上話をどうか聞いておくれよ。いったんあげると言ったのに、あとからこっそり宝を奪うだけじゃなくですよ、木に、惨たらしく木に。まったくひどいじゃありませんか。四の五の言わずに、河原の焼き場んとこに行って林の数を数えてごらんよ。宝物を返してもらった者の頭数とぴったり同じですからね。どうしてかって、そりゃ決まってるじゃないですか。ええそうです。やられたんですよ、ケチ次郎に」

猿は絶句し髭入道を見あげ、鯨幕を振り返った。屋敷の門のあたりに溜まっていた人だかりから突然女の悲鳴があがり、さっきまで庭で暇そうに鼻毛を抜いていた水売りが腰を抜かし這いつくばったまま逃げまどい、塀の外では混ぜこぜになった民草の騒ぐ声がどんどん膨れていった。

耳障りな嗄《しゃが》れ声は御白州の桃次郎にも届いていた。鯨幕の隙間からそっとのぞき見たが、長身の髭入道に見覚えはない。

なぜいきなり現れるのか。なぜわめいているのか。なぜ稿眼もなしになんでもわかるのか。わざとらしい。いよいよなりふり構わずか。ずんぐりむっくりの胴から生えた細長い手足をかくかく動かすその姿が、とたんにからくり人形じみて見えてくる。怪しき入道よ、空から伸びるというそれは、お前の手足につながれた大日如来の操り糸なのだろう。

温羅が目覚めていれば、おしゃべり入道など石にしてしまいなさいと、きっとそう言うだろう。それはたやすい。思うそばから石だ。しかしどうしても消えない。育ての父母を見殺しにし、せっせとうめく林を広げ、とうに腹を括《くく》ったはずなのに、八十吉の恨み節が耳にこびりついて離れない。それに民草が投げつけてくるあの、此方を見る目つき。あるいは慄きあるいは冷ややかに我が胸の内に巣食《すく》い、日がな蔵に籠もろうと心休まることがない。凌《しの》ぐ手立てなどあるものか。此方もまた同じく、こわごわ此方を見ているのだから。

「出てこい桃次郎。郡司様は待つ気なんてこれっぽっちもねえぞ。街道じゃあひっきりなしに早馬が駆けずりまわってる。いまに侍どもが押し寄せて来るってことだ。悪いこた言わねえ、いいかげん宝はお上に預けて山奥に引っ込んで隠居しろや」

御君が八十吉を襲ったというのは、あれはまことでございますかと詰め寄る猿の頭を、入道はその蜘蛛のような細長い指ですっぽりつかんだ。

「あたしゃ口寄せしただけだが、あの小っせえ御魂《みたま》はそう言ってたなあ。口は悪く間違ってもめごとの仲裁《ちゅうさい》などすれば余計に火事を大きくするに決まってるあたしだが、見かけによらず土砂降りの中子猫を拾うなど優しいところもあり待ってやるからさっさと大将呼んでこい」

うふふふと思いがけなく艶めかしい声で笑うとまた白いヤギ髭が震え、そこに絡まる黒いものも一緒に震えた。よくよく見てみると干からびた納豆《なっとう》で、そうと知った猿の心は二十余年も前に入り浸っていた熱気あふれる堺《さかい》の博打宿まで一気に飛ばされた。みすぼらしいなりをして誰彼かまわず金をせびる、パードレと呼ばれる南蛮人《なんばんじん》の下足番《げそくばん》がいて、大勝ちした時などに端金《はしたがね》をくれてやると、礼のつもりか拙い言葉で毎度同じ話をしていた。陰鬱《いんうつ》で、聞けば聞くほど聞くたびにさらに陰鬱になる不思議な話だ。

まず茨《いばら》の森に眠りっぱなしの美女がいて、次に大勢の若武者がその女を救うために突っこんでいきトゲトゲにからめとられてしまう。眠る女はもうすぐそこなのに、宙ぶらりんのままどうすることもできず、びりびりに裂けた南蛮風の純白の股引《ももひき》を血と排泄物《はいせつぶつ》で汚しながら黒く干からびていったという。

パードレはこの股引がどれだけ白かったかを、そしてどれほど凄まじく汚されたかを、しつこくしつこく念入りに語り、その時ばかりは澱《よど》んだ目の奥になにかが灯りゆらめくのだった。

百年経ち颯爽《さっそう》と現れる本物の勇者の接吻《せっぷん》により姫が目覚め話はめでたし。だが、それからさらに何年経とうが、猿の中で若武者達は未だうつろな目を宙に放り出し、惨めに揺れ続けている。

生暖かい風に乗った細かい雨が猿の頰に触れ我に返ると、

「なにぼんやりしてやがる」

しびれを切らした入道にどやされて、慌てて御白州へ踏み入った。つい先ほどまで縁側でつぶれた餅のような格好で座りこんでいた桃次郎の姿がない。

「野郎逃げやがったな」

屋敷の中を探したが桃次郎の姿はなく、台所に佳代がいるだけだ。猿がたずねると、いまさっきそこの勝手口からお出かけになりました、こんなふうにして、と耳をふさいでみせ、行き先を聞いてもさあ、と首を振るだけだ。

「お上に報告して桃次郎探すっきゃねえか。ええい面倒くせえ」

髭入道が出ていき、雨があがった。

弱日の差しこむぬかるんだ裏庭を、猿は蔵へと走った。灯籠《とうろう》の頭で閂ごと打ち壊して踏み入り、ひしめく宝物を手当たり次第にひっくり返して帝釈天騎象像を探した。追いついた犬が蔵の中を嗅ぎ回り、桃次郎が寝起きしていたらしき壁際の筵を引っぺがし、鋭く鳴いた。

「ここ掘れ。なにか埋まってるぞ」

掘ったそばから薄い板がのぞいた。板をどかした奥の洞を一目のぞいた猿があっと短く叫び壁を掻きむしった。

「ここにあっては、ならぬのだ。これは私とともに勝ち取った八十吉の宝。八十吉のものだ」

筵を引き裂き声を引きつらせる猿にかわり犬も洞をのぞいた。

「他にもまだこんなに。するとこれ全部、持ち主はもう」

犬は洞の中から巻物を一つ手に取った。

桃太郎《ももたろう》鬼退治顚末《てんまつ》と題されたそれを見て、どこの間抜けが書いたのやらと鼻先で笑い、犬は心中で桃次郎とあらためる。書き出しからしてもうおかしい。吉備津の港まで来たが嵐のため足止め、少々気が早いが暇にあかせて回想録なるものをしたためてみようと、だと？　吉備津では嵐もなければ足止めもなかった。出鱈目もいいとこだ。そもそも読めるのはそこだけで、あとはお仕舞いまですべて黒塗り。顚末などと触れこみながら、ふざけやがってと巻物を放り捨てたところで、猿が蹴飛ばした桐の香箱から転げ出た首が壁で弾んで犬の足元で止まった。

「おっ、良いぞ猿、憂さ晴らしか」

「髭入道の話はまことだった」

涙にくれ冷たい壁に額を押しつけた猿の声が聞こえているのかいないのか、犬はあえて目を閉じ、恍惚《こうこつ》とした気持ちで鬼と桃次郎の混ざった匂いをたどり、美しい首がぼうっと白く像を結び、瞼を押し広げてまろび出る様を思い浮かべつつじっくり自分を待たせてから目を開けた。鬼の首は泥にまみれても美しかった。泥が艶やかな髪や赤い唇をいっそうきわだたせ、泥と肌を交互に見たり、同時に見たりすると面白く、首は犬の中で、美しいから汚れに、汚れから美しいにふらふら揺れた。ふんふん、汚れるから面白い。髪に吐きかけた唾が、すっきり通った鼻筋を避けてゆっくりとナメクジのように這いおりていく。頬を舐めあげると唇の端が笑ったようにめくれた。犬は鬼の顔を舐めるだけ舐め回し、うっとりと息をついた。ふんふん、奮奮、形が変わるから面白い。わずかに開いた犬の口からずらりと歯がのぞいた。よせと言う猿の声はもう耳に届きようもなかった。

半刻後、蔵の前に立ちぬるい小雨に色を深くしていく玉砂利を見つめながら、不思議なほど猿の心は落ち着いていた。犬がやりすぎたせいかもしれない。

蔵の中から首をくわえた犬が出てきて、どうしようと言った。

「私に聞かれても」

猿のつぶやきを聞いた犬が身をくねらせて女郎花《おみなえし》の茂みに頭を突っこみ、わんわん喚《わめ》きだした。

「知らぬ。わからないのだなにも。いやずっとあんな首にかまけていた御君が悪いのだ。我ら家来にはちっとも構わずに、話しかけても上の空で、なんかもう、呪いなのだ。すごい呪いなのだ」

「しかし、ようやく鬼らしい御面相《ごめんそう》になりおった」

猿は水たまりに転がる、ずたずたの首につま先で触れた。

さだめとは、つくづく気まぐれなものだ。

若かった私に、邪悪であれと、さだめはささやき続けた。この手で切り開こうともがいていた頃は、さだめは私のやることなすこと、なにもかもから意味を奪っていった。なにをしたところで、先に起こることはもう決まっておるのだと。ところが、御君の家来になったとたんに、さだめは私にこう言った。ぬしが生を享《う》けたわけはこれだぞよと。ぬしは無意味ではないのだと。

「犬殿よ、ここらで旅をやり直さぬか」

茂みからはみ出た犬の尻尾がぎゅっと縮こまる。

「髭入道が言っていたやつか。もと居た所に首を埋めて供養しろというあれのことか。しかしどうやるつもりだ。御君が探せば必ず見つける。御君が追えば必ず捕まる」

「左様、死力を尽くして、なお分の悪い賭《か》けだ。しかし後戻りの利かぬこの年寄り猿、誉《ほまれ》ある脇役をまっとうするほか道はない。首に引導《いんどう》を渡し呪いを解く。かつての御君を取り戻す」

かつての桃次郎との散歩を思い、犬の尻尾が勝手に揺れだすのを見て取った猿は、「しかしどうにもわからぬ」と小指で額を掻きながら独りごちる。

「残りたいのであれば無理にとは言わぬが、しかし犬殿、いったいどう申し開きするつもりなのだ」

犬が茂みから顔を出した時にちょうど目の前に来るように、つま先で鬼の首をそっと押し出した。

第十章

昼まで空を覆っていた雲がすっかり流れ、夕と夜の間で空が紫に染まる頃、圓林寺の門前にしつらえた丸木《まるき》櫓《やぐら》の上、住職の盃《さかずき》に酒を注ぐ郡司は上機嫌だった。なにしろ天下の財宝が我がものになるのだ。段取りはもうついている。まず桃次郎を始末し、密かに宝物を運び出し、蔵ごと屋敷を焼き払い、財宝は跡形もなく燃えてしまったということにすれば文句はあるまい。桃次郎の居所は探すまでもなかった。圓林寺の鐘楼《しょうろう》で酔いつぶれているのを小坊主が見つけたのだ。

日が暮れて少しして、境内に火の手があがった。

煙に咳きこみ目を覚ました桃次郎は家の者を呼んだが返事はなく、そこが屋敷ではないことを思い起こし仕方なく腰を上げ、なにごとかとあたりを見回す。とたんに無数の矢が降り注ぎ、桃次郎はその一本一本を指でつまんでは手折《たお》りつまんでは手折りしながら井戸へ向かい桶に水を汲み、それをこぼさぬよう気をつけながら、うろうろと火元を探す。塀の上から鈴なりの射手が五月雨《さみだれ》に矢を放ち続けるも、かすり傷ひとつ負うことのない桃次郎を見て、櫓から戦を見守る地頭は震えあがった。

しかし本当に恐ろしいのはその不思議な魅力。堂々たる立ち居振る舞いというわけでもない寝ぼけ眼の若者に否応《いやおう》なく心惹かれ、地頭はいつの間にか頑張れ頑張れと心の底から念じており、日本一の快男児という噂は聞いていたが、まことであったかこういうことかと、いや儂《わし》は奴を倒さねばならぬ立場であってと、自身に驚きながら真っ二つに引き裂かれた心持ちのまま応援をやめることができない。

桃次郎は白砂に浮かぶ亀石《かめいし》の上で燃え盛る藁束の山をようやく見つけ水をかけるが全然足りず、再び井戸に戻りそこでしばし首をひねり、鐘を水甕《みずがめ》がわりにすることにしたようで、鐘楼からもぎ取った巨大な鐘を抱えて両腕がふさがり、足元も見えずよちよち歩きになっているにもかかわらず、やはり矢は桃次郎にかすりもせず、しかし鐘楼から降りようと石段へ向きを変えようとして足がもつれよろけるという危なっかしいひとこまもあり、地頭はよいちょ、よいちょと祈る気持ちで目と口をすぼめたが、どうにか鐘に水を汲みそれを運びきって火元を消し止めた。

あたりの熱気がすうっと退いていき、かわりに焦げ臭い煙がひときわ色濃くたちこめて桃次郎の姿を覆い隠す。

地頭はいったん弓兵を退かせ、郡司に桃次郎が無傷であることを注進《ちゅうしん》した。酔いが回り小唄《こうた》でも唸ろうかというところを邪魔された郡司は腹を立て、なんとかしろと言われた髭入道が仏頂面《ぶっちょうづら》で楼門をくぐり、亀石のあった方に向かって口寄せを始めた。

桃次郎や、出ておいで。婆様だよ。お前は完全に包囲されているんだよ。無駄な抵抗はやめておとなしく出ておいで。あんたずいぶん皆様に迷惑をかけてるじゃないか。あたしゃ世間様に顔向けできないよ。憎くて言ってるんじゃないんだ。これじゃ爺様だって浮かばれないんじゃないかい。だってあの人は、世のため人のためになると思ったから桃次郎、あんたを育てることにしたんだよ。おや呆れた聞いてるのかい桃次郎。あんたのためを思って言ってるんだ。いつだってあんたのために良かれと思ってやってきたんだよ。桃次郎って名付けたのだって本当はあんた、桃から生まれたんじゃなかったんだけど、あれじゃあんまりだから、ちょっとばかし似てたからね、形が。
入道はまだ言い足りなそうだったが石になっていた。やがて桃次郎が楼門から現れた。打って出るといった様子は微塵《みじん》もなく、刀も抜かず、ちょっと夕涼《ゆうすず》みに出かけるといった風情《ふぜい》で。圓林寺を二重三重に取り囲んだ軍勢に鬨《とき》の声があがり、鎧武者《よろいむしゃ》が四方《しほう》からなだれこんでいく。それを桃次郎は一人一人石に変えていく。桃次郎が手ごわいことくらい承知していた地頭だったが、しかしこれはどうしたことだ。吉備太守《きびたいしゅ》にまで進言し動かせる軍勢はすべてここに集めたというのに、なんということでしょう。このとびきり素敵な快男児ときたら傷一つ負わぬではないか。

軍勢がみるみる減っていくのとは裏腹に土砂降りのような怒声がさらに膨れあがり、見れば石工の仕事場さながらひしめく石像達の、そこだけ生身に残された口から唾を飛ばして叫んでいる。

もう動く者は見えない。咆哮《ほうこう》だけだ。退却を進言するため地頭が背後を振り返ると、護衛の者達も石になっていた。郡司とその向こうの住職も床几《しょうぎ》に腰掛けたまま石になっていた。自分達が石になったことに気づかずに、都の遊女《ゆうじょ》の誰が美人でどこの妓楼《ぎろう》がおすすめかという話に花を咲かせる二人を見た地頭は、きゃあと悲鳴をあげて櫓から転げ落ちるようにして馬にまたがり、一目散に逃げ帰った。

満月にひと欠け足りない月が、一番高いところへ昇った頃、温羅は数日ぶりに目覚めた。

「まさか天下の桃次郎の家来が盗みをすることになるとはな。そうは思わぬか」

そうのたまう誰かの声、それに応じる別の誰かのふくみ笑いが根元から引っこ抜かれた角の跡に穿たれた穴を通して頭蓋の中で幾千の蝶のように飛び交い、飛び交ううちに徐々に方向を共にする群れを成す。

ようやく言葉として像を結ぶその束の間に、聞き覚えがあるという取っ掛かりをたしかに此方にもたらしたその声は、言葉に帰すればとたんに誰のものとも感じられ、それゆえ誰のものとも似つかない河原の石のようであきらめ放り捨てれば、木綿《もめん》の微かな埃っぽさとざらつきと薄っすら透ける光に唐草文様《からくさもんよう》がぼんやり浮かぶ。

寝起きにもかかわらず蒸し暑さと激しい揺れにてんてこ舞いになりながら、

思うに、どうやら風呂敷に閉じこめられているらしく、喰いちぎられたらしい頬や額や下顎が振動のたびに布と擦れたところで、しかめたくなる顔すら失って血と熱で凄まじい有様だというのになにも感じず、感じぬが分厚い痺れの奥で激痛が荒くれ舌なめずりしているのははっきりわかり、こわやこわや。いずれ大いなる痺れの御加護《ごかご》が切れる見込みで、そう見込んだだけで、おぞましく骨の髄《ずい》から悪寒が起こるほど。

快男児の手厚い介抱に心打たれなかったわけではもちろんないが、怪我だけ治れば良いものを、こんな痛みまで付いて来るとは甚だ迷惑、空から伸びる同胞らの腕に、軽やかに誘う声にいざなわれ、もうたくさんと飛びこみたくなるが、ああ嫌だ、またしても引き留められる。

今世はどうなると、日本一の快男児の魂と此方を分かち難くつなぐその鎖に囚われしがみつき、ばらつき応じようのない揺れのみならず上下逆さになったりという、風呂敷包みの極めて乱暴な動きに転がり弾み、ゆっくり物を考えるどころではないが、かすかな風の匂いからいまいるここが桃次郎の屋敷ではないことだけはわかり、これはもう打《う》っ棄《ちゃ》ってはおけぬ。

桃次郎やあぁ。

声の限りに叫び続ける此方の声に、怯えたかうろたえたかした何者かが風呂敷包みを取り落としたらしく脊髄《せきずい》がそよぎ、束の間ふんわり宙が完全に此方を包んだかと思うと、湿った硬い地面にしこたまぶつかり鼻がひしゃげたが、かまうものかと我が魂を振り絞り、とうとう顎の筋がぶつんと切れるまで快男児の名を呼び続けた。

よくぞここまで。よく粘ったと、誰も褒めてくれぬから自らよくよく褒めるが、こわやこわや、痺れの膜はもう薄絹のはかなさで荒れ狂う激痛が透けるほど。

すたこら退避《たいひ》さっさと迅速《じんそく》、ただし慌てずぬかりなく、背中に真っすぐな裂け目が開き羽化しつやつやの素肌もあらわな夜の蟬《せみ》を念頭に、よじりくねらせ跳ね揺すり、見る聞く嗅ぐ味わう触れる思うたびに大袈裟に震え奏で響きあう、細くて丈夫な意識のへその緒をほどき放ち、よほどの痛みも及ばぬ最果て、頤のすぐ上でだらんとぶらさがり、なんの役に立つのかこれまで考える気にもならなかった耳たぶの先のふくらみを目指し、とうとう小さな小さな薄緑、つやつやの素肌もあらわな枝豆一粒そっくりの此方となり耳たぶの先端へ、眠りの奈落へと軽やかに転がり落ちてこつんとおさまる。

温羅の声は幾重にも連なる山々で響きあい増幅され百里四方に届いた。都の痩せた野良猫、野良犬がいっせいに発情し、宮殿ではすわっ鵺《ぬえ》の襲来かと帝が剣を手に空を睨みつけ、鬼ヶ島の屍《しかばね》達は懐かしい声に涙を流し、海では魚がいっせいに飛び跳ね、カステーラの密輸に励む帆船《はんせん》に蛸がばびたんと乗りあげ、酒にふやけた海賊どもは舳先に駆け寄り夜の海原に目を凝らし、吉備津の港に向かいひたすら歩く犬と猿は、これだけ大きな声であればきっと御君に勘づかれるぞ、さあ大変なことになったと慌て、佳代は庄屋様の屋敷から走り出て、猿と犬の無事を願った。

桃次郎は屋敷に帰るため圓林寺の参道を歩いていた。なぜ屋敷と反対の方角から聞こえたのかわからないが、わからないまま走りだす。

温羅になにかが起きた。

木から木へ飛び移り、温羅やあ、温羅やあと繰り返し叫び闇に目を凝らす。声は呼子峠《よぶことうげ》の方角から聞こえた。もっと先だろうか。一気に五本の梢を飛び越して、とらえた竹のしなりに勢いを得て谷を飛べば、ぐにゃりと時が間延びし、谷底深く小川に映る星の光が細かくちらつくのが見え、風がすれ違いざまにはためく袴の中の汗で湿った手足の付け根を冷やした。

飛び越えた先で楠《くすのき》の幹のてっぺんに立ち方角を見定め、河原の岩から岩へと駆け、藪に飛びこんで全身枝に鞭打たれながら桃次郎は足を止めない。

郡司の手勢が蔵を襲いくすねたか、それともどさくさまぎれの賊でも入ったか。しかしそれを確かめに戻る暇はない。

必ず見つける。峠のすべての小屋、すべての岩穴、すべての木の洞、すべての石の裏、すべての巣穴、すべての水の流れの中まで探し回ってでも。

温羅やあ、温羅やあ。

風切り駆ける桃次郎の眉間に亀裂が走り稿眼が開いた。


佳代は女中部屋の杉天井《すぎてんじょう》の木目《もくめ》に目を凝らしていた。じっと見ているうちに暗闇の中から現れる鳥の目玉のような節や、おばあさんのしわしわの指みたいなだんだら模様は、しばらくぶりでも見覚えがあった。気を抜いて眠ってしまわないように、佳代は昼間のことを思いだす。鬼の首を風呂敷に包み慌ただしく屋敷を出ていく猿様が、秘密を教えてくれた。

三歩歩く、すると首が前後に振れる、すると雉はだだな。

そこで言いよどんだ。雉様の恥と考えているのだろう。

そうか、三歩歩くと忘れるのか。そらそうだ。言われてみれば、だって雉様は鳥だもの。どうして気がつかなかったんだろう。なにも恥ずかしいことなんかないですと教えてあげないと。闇の中、佳代の口元はほころんだ。

桃次郎も家来もいなくなった屋敷で、佳代はうろうろしたり、掃除を始めてみたり、石燈籠の穴から庭を眺めてみたり、薪割りをしたり、寝転がってみたりと始終落ち着きなく動いてはいたが、その実なにをすれば良いのかさっぱりわからなかった。いつ誰が帰ってくるのかもわからず、考えても仕方がないからなるだけいつも通りの仕事に専念してやりすごしてはみたものの、夕方になれば果たして飯を炊くべきなのか、という悩みからは逃れられず竈《かまど》の前で膝を抱えて途方に暮れていたところ、庄屋様の遣いが来て連れ戻された。

女中頭が寝返りを打ち軽くいびきをかきはじめた。頃合いだろうと身を起こし、そうっと襖を開けた。抜き足差し足で裏庭に出て、縁の下に隠しておいた草履を探すのに手こずってると、背中から声がかかった。

「あんたもすみに置けないね」

「姐さんも起きてたの」

「うん」

姐さんが佳代の手を取った。

「抜け出すんなら一緒に行こう」

庄屋の屋敷から離れるにつれ二人の交わす声は少しずつ大きくなり、月夜の田んぼ道を歩く頃にはあたり一帯を包む蛙の声に負けないほどになった。

「道連れができてほっとしたよ。河原はほら、おっかないから。もう二十一本にもなったよ。また木が増えてたら嫌だろう」

「数えなきゃいいのに」

姐さんは手を打ち鳴らして、そうだ面白い話を聞かせてやるよと言った。

「おかみさんが見てきた芝居《しばい》さ。二人のいい男がいい女を取りあう話だよ。あんた好きだろう」

姐さんが話す芝居は、恋敵《こいがたき》をうっかり殺してしまった男と、それを悲観した女が心中して幕引きとなった。黙って聞いていた佳代が棒っ切れで草むらを叩き、松虫《まつむし》が声をひそめた。

「かわいそうだよ。姐さんの話を聞いてたらあたし、なんだか三人とも好きになったんだ。それなのに」

「だから切ないいんじゃないか。そうさ、性根の悪いのなんて一人もいないよ、でもあんなことになっちまう、そこがいいんじゃないか」

「その芝居を作った奴は？」

「なんだって」

「匙加減《さじかげん》でどうにだってなるのに、三人も殺したよ。根っからの悪だ。幸せにしてやりゃいいのさ。仲直りして、三人連れ立って善光寺参《ぜんこうじまい》りとか」

「そんな芝居誰が見るっていうのさ。死んじまうから面白いんじゃないか。実際やんやの喝采《かっさい》だったたって話だよ」

「ならお客も悪だ」

「坊主に髷《まげ》が結えるかってんだ。善光寺じゃ幕なんか引けないし、幕引きが無きゃ芝居にならないじゃないか。しまらないのが見たいんなら、街道にでも陣取って日がな御宝行列の奴らの面でも拝んでな」

馬鹿言ってらと笑い飛ばしたままの、にやけた姐さんが佳代の顔をのぞきこむ。

「佳代のいい人はどこで待ってるのさ」

「桃次郎様のお屋敷」

殴ったりしない、と聞かれ佳代はうんと返すだけだったが、姐さんのいい人の話を聞きながら半町も歩いてからいきなり「でも、ちょっと忘れっぽいんだな」と言った。水車小屋で姐さんと別れてから佳代はもう少し歩き、桃次郎屋敷の裏にまわりこわごわ木戸を開けて中に滑りこんだ。

やっぱりいた。池の真ん中にぷかりと浮いている。網を取りに行くのももどかしく、裾をたくし上げて雉を引きあげた。いつもの癖で鉢巻きを解きかけて、佳代は思いとどまった。

さすがに勝手に台所に入って湯を沸かすわけにもいかず、月明かりを頼りに井戸端で体を拭いてやることしかできなかった。

佳代だね、いつもありがとう。

「本当に覚えてるんだ」

雉にこびりついた青い血を佳代はいつにもまして丁寧に洗い落とし、それから背負子に乗せて歩きだした。佳代は橋を渡った。人買いに手を引かれ村に来て、これが初めてだった。背中から雉の声が聞こえた。

ずいぶん小さな橋だったね。

街道には大勢の者が座っていたり立っていたり話しこんでいたり食べていた

り眠っていたりしながら並んでいて、ところどころぽつりぽつりと灯された松明《たいまつ》のおかげで真夜中の山道にもかかわらず、歩くのに苦労はなかった。

今夜の散歩はまたずいぶん遠出だね。どこまで行くの。

「どこまでもです」

そうだね、ではうんと遠くへ行こう。

「あたしは命がある限り、雉様のそばにおります」

佳代はそっと言ってみた。背中越しに雉が遠慮がちに体を動かすのを感じた。

私はひどく血にまみれている。

「洗い流しました」

魂まで血みどろだよ。

聞いてる佳代まで泣きたくなるような声だった。

「だったらいますぐ、その脚を縛る鉢巻きを解いてさしあげます」

血みどろでも逃れられないし、逃がさない。ひと眠りして朝が来たら、鬼どもをぬっ殺しに行かないと。島のそこらに指が生えている。小さなくぼみには黄色い目玉。岩場に貼りついた唇。引っこ抜き、潰し、むしり取り、切り刻む。その頃にはもう体中青い返り血でべっとり。それから南の海っぺりにある首畑だ。ひしめく岩の隙間から、鬼の首が生えてくる。これもみんなぬっ殺す。ひっぱって、伸びきったところをぷつんってやるんだ。それで悲鳴もぷつんって。ままごと。

姐さんの笑う声が聞こえた気がした。あたしは雉の半分としか話してこなかったんだ。急な坂道にさしかかり、佳代と雉を行き来していた言葉はとぎれた。息を切らしながら歩き続け、やがて木々がまばらになった。夜に沈む村が、田んぼが、庄屋様の屋敷が見下ろせて、思わず歩みを止めた。

なにか話をしてほしいとせがまれ、佳代は森の夜気を深く吸ってから話しはじめた。

「昼間、御白州に大きなお坊さんが来ました。私はちらっと見ただけですが」

御白州にはいろんな人が来るね。

「そのお坊さんは桃次郎様が呪われてるとおっしゃったそうです。宝物をなかなか返さないのも、鬼がいなくならないのもそのせいだと。それで首を鬼ヶ島に戻して供養してやらないと駄目だって」

それで、御君はなんと。

「なにも。お坊さんが来ると桃次郎様は出て行ってしまったので。夕暮れ時に圓林寺でなにかあったらしいのですが、詳しいことは」

よくわからないな。

「屋敷から桃次郎様がいなくなってすぐに、猿様と犬様が首を持ち鬼ヶ島へ向かわれました。二人から言伝《ことづて》があります。雉が戻ったら、共に旅をした御君を取り戻そうと、そう伝えてほしいと」

言うべきことを言いながら、あっと思った。雉が行ってしまう。佳代の思うとおりの雉なら、きっと仲間を助けに飛んでいく。一緒に歩いていけるなどと、どうしてそんなこと思ってしまったんだろう。佳代は大波に備える海老《えび》の子のようにその身を丸めた。

そうか、ありがとう佳代。世話になったね。

羽ばたく音がしてふっと軽くなった。鼻の奥がみるみる湿っていく。佳代は振り返らず、時おり水っぱなをすすりあげながら、お前はいつもこうなのだと押し潰そうとする夜に挑むように、背を反らし顎を上げ、耐えられなくなるまで歩いた。

寄り添いあう爺様と婆様が彫られた小さな地蔵の前で、佳代の足はとうとう止まった。地蔵に手を合わせてみたものの、願い事などなにも浮かばず立ちつくす。

「どうしたんだい」

御宝行列に並んでいた結い髪の白粉婆だ。誰とも口など利きたくないのに、顔を覆うしわしわの筋一本一本に目玉がからめとられて、思わずなぞっているうちに、気付くと聞いていた。

「ねえ、おばあさん。おばあさんの宝物ってなんだったの」

「困ったねえ、並んでるうちに忘れちまったんだよ。おっかしいねえ。困ったねえ」

どははと歯のない口で笑う白粉婆につられ、しみったれた声が出た。ほとんど空咳みたいでも、まだそうやって笑おうとするの、とあきれ、佳代は深々とお辞儀をして村へ引き返していった。

第十一章

夜明けまではまだ間があった。犬と猿は無事に峠を越え、吉備津港まであと少しというところだった。ぽつぽつと続く御宝行列の松明の明かりに照らされて、胴の太い老いた楠の木の前でひっそりと茶屋が浮かびあがっていた。夜中の茶屋は当然のぼりも出ておらず人もいないが、縁台《えんだい》が出しっぱなしになっていて、犬と猿はどちらともなく腰を下ろした。

「団子の一つでも腹に入れたいところだが」

そうこぼしながら、猿は手拭いで顔の汗を拭いた。

「情けないことを言うな猿。俺ならどんなに空腹だろうが、そんな泣き言は一切言わないぞ。たしかに腹が鳴くことがあるがそれは」

ふっと犬の言葉が途切れ、見ると神妙な面持ちでぶつぶつ鳴く、泣かぬと繰り返している。

「腹は鳴くっ、猿も泣くっ、俺は泣かぬっ」

いきなり声を膨らませ得意げに顔を輝かせるのを見てしまい、猿は慌てて目を背けた。

「おぬしは首の面を喰ったから平気なのだ」

御宝行列に埋《うず》もれていた潰れ烏帽子《えぼし》の男がむくりと頭をもたげ、楠の根本で立小便を始めた。申し訳ない、うるさかったであろうと猿が詫《わ》びると、潰れ烏帽子はいやいやと顔の前で手を振り、「こうも月がぎらついてちゃあ眠れなくていけねえや。だんびら突きつけられてるみてえでよ」とぼやきながら煙管《きせる》に炭火を当てて何度かふかした。

「あんた方もどうかね」

煙管を受け取ろうと手を伸ばした猿は、街道を迫りくる影に気づいた。転がり落ちるような勢いで脛をむき出し駆けてくる。

御君だ。

髪はざんばら、衣も汚れ乱れあちこち破れ、とても正気とは思えない恐ろしい風体で、行列がざわつき、潰れ烏帽子の男がひええと叫んでわきの草むらに飛び退いた。

桃次郎は縁台に座ったまま目を丸くしている犬猿には目もくれず、霞がかったようなぼやけた顔つきで温羅や、温羅やと叫びながら店に押し入り奥に姿を消した。釜《かま》やら箪笥《たんす》やら皿やら、あらゆるものをひっくり返す乱暴な音がしてまた飛び出してきて、ようやく二人に気づいたらしく足を止める。

――お前達か。

声もひどく掠《かす》れていた。猿と犬が慌てて縁台から降りてひれ伏すと、桃次郎も後を追うようにしゃがみ目線をあわせる。

――温羅の首を見てないか。

桃次郎の目は落ちくぼみ、いかにも眠たげな半開きだが、その額では怒りで火を噴くかと思うほど真っ赤に充血した稿眼が、ぎょろりと開いている。いつ石にされてもおかしくなく、猿の口はみるみる乾き、唇を開くとぺりっと薄皮がめくれた。

「見ておりませぬ」

やっとのことで犬が声を絞り出す。桃次郎の顔がさらに猿に近づいた。

――あれ。ちょっと待て、おかしいな。こんなとこでなにをしているのだ。どうしてこんなところにいる。いったい屋敷はどうなってる。

額を地べたに押しつけ、猿が声を張る。

「畏れ多くも、このような時に申し上げるのは心苦しいことこのうえありませんが、私も犬も、いただいた黍団子に見合う御奉公はすでに遂げているかと」

――この頃、お前達の言葉を聞き分けるのにひどく苦労するのだ。急いでいるし、とても疲れてるので、わかるように言ってもらえるか。

「蔵の床下を検《あらた》めましたところ、八十吉に返したはずの帝釈天騎象像が出て参りました。それにとどまらず、返したはずの宝が続々と。御君の言葉を直にお聞きかせ願いたい。髭入道の話はまことですか」

桃次郎の眉根がぴくぴく動き、歯の隙間からしいいっとため息を漏らした。

――ああやったやった。ついでに髭入道も石にしてやった。

投げやりな声が、猿にはただただ虚しかった。

「もうついていけませせぬ」

――なんだと。

「もうついてゆけませせぬ」

さらに二度聞き返してからそんなぁ、とかすれた声を出して項垂《うなだ》れ、桃次郎は残念だとつぶやいた。

――とても残念だ。

桃次郎の額がぶつぶつと泡立ち、数えきれない小さな稿眼が開いた。犬は縮みあがり、尻尾を丸め肩に首をめり込ませ、目に見えぬ箱にすっぽり納まるかのように角ばった体勢をとり、錠前さながら目をかたく瞑った。猿も目を瞑りたかったたし、なんならそのまま布団にでも潜りこんでしまいたいところだったが、どっかと犬に腰掛けた桃次郎に首根っこをつかまれ、ぐいと体を引き起こされた。

――それで、温羅をどこに隠した。

「知りません。屋敷を出たのは御君がいなくなってすぐのことですから」

聞き返される前に、知りませんと猿が念を押した。

――それは本当かな。蔵には入ったのだろう。床下を掘る間、桐の箱は見なかったのか。

桃次郎の額が、猿の鼻をぐいぐい押しあげる。

「本当でしゅ、本当でございましゅ」

猿の返事が終わらないうちに、首に食いこむ指がすっと離れた。桃次郎の声が、ならば脱いでみようか、と言った。

――悪く思わないでほしい、嘘と決めつけてお前を石にするのは嫌だからな。あの首がないと本当に困るのだ。

素っ裸の二人がどこにも温羅を隠していないのを見届けるやいなや、さっと姿を消し枝の折れる音と温羅やあ、というしゃがれた叫びが森の中を遠ざかっていった。桃次郎の声が聞こえなくなっても、二人はしばらく身動きもできず木々の奥に横たわる闇に目を凝らし続けた。

ようやく犬が口を開いた。

「さすが御君だ。風より速い」

「こんな時に感心してどうする。しかし肝を冷やしたわい」

あたふたと着物を身に着ける猿の手は震えていた。

「いい年した猿のくせに小娘みたいにびくついて、見ちゃおれんな。しかしなぜだ。茶屋をひっくり返す勢いで、あげく俺達を裸にひん剝く御君が、行列の者達には目もくれなかった」

「犬殿よ、かつて御君は私にこう言われたのだ。行列に並ぶ者達を見たくないと。心苦しさで息ができぬほどだと」

「知ってた」

犬は帯をぎゅっと締め、夜空を仰ぎ見た。なにも無いのがわかっていたから猿はつられず、するとそっくり返る犬の表情が、白い短毛に覆われた下顎の向こうに隠れて見えなくなる。天を指す下顎を見ているうちに、にわかに空腹を思い出す。いささか先細りの感は否めぬが、てっぺんを縁取る黒い唇を海苔と見れば、ああ、これは炊きたての握り飯ではないか。

握り飯が重々しく口を開く。

「御君は御君よ。そんなのはもう、わかりきったことだ。たとえ鬼に呪われようと、姑息《こそく》な手口で操られようとも、強く正しく美しくあられようと悶えるあのお方の吐息が聞こえぬか猿よ。聞こえたとして、その吐息はお前の魂になにを吹きこんだか、わかるか。これくらいのこともわからんと家来失格だぞ。いつだって御君を見てきた俺にはよくわかる。いやお前などにわかってたまるか」

「いかにも。しかしのんびりしてる暇はない」

犬と猿は遅れを取り戻すべく、駕籠《かご》屋さながらえっさほいさと声を合わせ街道沿いに吉備津の港を目指し急いだ。御宝行列でちらほら朝餉の煙が立ちはじめ、街道が少しずつにぎやかになっていく。

姉妹らしき童女たちが案山子《かかし》に歌いかけている。夜明け前、青みゆく空の下、なだらかにひらけた麦畑を風がさっと吹きおろし、穂先が海に向かってひるがえっていく。風に乗った声がどこまでも、天下全土に広がっていく。

それは歌のような念仏だ。村を出てからというもの朝晩関係なく、街道に並ぶ者達の唱える念仏が絶えず聞こえていたせいで、二人もすっかり諳《そら》んじてしまった。

思わぬ宝を手にしたら、後に並ぶ者に譲るべし。かような功徳こそ、御宝行列の真の御利益。すなわち真の宝なり。合掌。

潮の香りが濃くなってきた。軒先に干物やら網やらをぶら下げた小屋に挟まれた海が見え、ようやく桃次郎屋敷から続く、長い長い御宝行列にも終わりが見えてきた。浜を見ればそれとわかった。

前に並ぶ者から後ろの者へ、そのまた後ろの者へと幾千の手を渡りたどり着いた様々な物が、生魚《なまざかな》や反物《たんもの》や饅頭《まんじゅう》や火鉢《ひばち》や鞠《まり》や刀《かたな》や皿《さら》や湯呑《ゆのみ》や茶碗《ちゃわん》や梯子《はしご》や戸板《といた》や台帳《だいちょう》や蜜柑《みかん》や証文《しょうもん》や箪笥《たんす》や炭《すみ》や鏡《かがみ》や石臼《いしうす》や鞍《くら》や鏑矢《かぶらや》やもっこや位牌《いはい》や長襦袢《ながじゅばん》や米俵《こめだわら》や煙草入《たばこい》れや頭巾《ずきん》や急須《きゅうす》や火入《ひい》れや瓢箪《ひょうたん》や大鎧《おおよろい》や大根《だいこん》や梯子《はしご》や血判状《けっぱんじょう》や手拭《てぬぐ》いや鎌《かま》や鍬《くわ》や腰巻《こしまき》や牛車《ぎっしゃ》の車輪《しゃりん》や鬼瓦《おにがわら》や重箱《じゅうばこ》や畳《たたみ》や卓袱台《ちゃぶだい》や春画《しゅんが》なんかが、海から運ばれてきた砂や流木や貝殻やなにかの骨と一緒くたに高く高く積まれ、朝に溶けゆく星たちの光をまぶされながら、腐っていたり錆びていたりほころびていたり、風に吹かれたり、砂にまみれたり、波に洗われたり、海藻にへばりつかれたり、鴉に突っつかれていたりして、鯨と見まがうほどの巨体を危なっかしく揺らしていた。

最後尾の外国人力士の後ろに並び、さして待つこともなく風呂敷包みを受け取った。人に見られぬよう浜に降り、そっと中身をあらためた。まさしく青い血にまみれた鬼の首だ。蜘蛛のように足の生えた目玉がごそごそと、眼窩《がんか》に戻ろうと悪戦苦闘《あくせんくとう》しており、裂けた口からはぎちぎちと歯をこすりあわせる耳障りな音が漏れ出ている。

「大した信心ではないか」

猿が犬に微笑んで見せるその短い間にも、最後尾には他の宝物が続々と届いていた。むっつり押し黙ったアンコ型の外国人力士がのろのろと、気だるそうに積み上げていく宝物の前で、猿は目録を広げた。

「それどころか、象眼八卦鏡《ぞうがんはっけきょう》に大黒天金像御分身《だいこくてんきんぞうごぶんしん》、伊万里《いまり》の徳利《とっくり》、御宝行列に流した通りの順で欠けることなく届いておるぞ」

「だから御宝行列に託したのだろう。みんな欲を捨てたのだとかなんとか。お前がそう言ったではないか」

「それにしたって、いやどうしたことだ。すべてそろっておる」

いきなり外国人力士が宝物をひと抱えにしてがらくたの山にうっちゃった。なにをすると猿と犬が立ちあがるが、間に合わない。ひと塊の宝物が宙でゆるく弧を描きながら、ばらばらにほどけ、派手な音を立てて壊れたり静かに汚れたりしながら、途方もなく大きくて弱々しくふらつく、がらくたの山に加わり溶けあい色褪せていった。

もとより宝など歯牙《しが》にもかけない犬だったが、どうしてかひどく惹かれた。

雲も無いのに、どこからともなく立て続けに雷鳴が轟《とどろ》いたが、それも犬には届かない。国中の宝が失われた時、入れ替わりになにかが生まれたのがわかった。その嫉妬《しっと》する気にもならぬほどぴかぴかしたものが、産声をまとったまま目玉の奥に印を焼きつけじゅっと音を立てた気がして、犬は鼻にかかった遠吠えを禁じえなかった。

猿は頭を抱えてしゃがみこんでいた。

「くすねてやろうという不届き者が一人もおらんどころか、正真正銘の持ち主すら宝物を受け取らぬということだぞ。これでは、宝など返せぬではないか」

「もういらないってことだろう」

「そうさせたのは誰だ。思わぬ宝を手にしたら……返してもらえるなど、微塵も思ってなかったのではないのか。あの小憎らしい白蔵主はあれこれ御託を並べていたが、私に言わせれば、つまりは諦めたのだ。宝をなかなか返さぬ我々のせいだ」

腕の毛をむしり砂を蹴る猿を横目に、犬がいきなり笑いだした。

「しょげかえるな猿、連中がなぜ宝を必要としなくなったのか、俺は知らん。当人でなければ知らん。では一人一人に聞いてまわるのか。よく考えてみろ。考えてみればわかる。正しくはいったん受け取って、あとの者にくれてやったのだと、すぐにわかる。宝を返した。後はお好きに、だ。あの者らは渡したいから渡したのだ。捨てたいから捨てたのだ。いいか、我らは立派にあの旅の目的を果たした」

猿と犬は浜でまどろむ小舟達のうち、一番手近にあるものを押しはじめた。

「犬殿、私を慰めようとしたのか」

「宝物を返す返さないで散々思い悩んでいた猿が、馬鹿みたいだと思っただけ

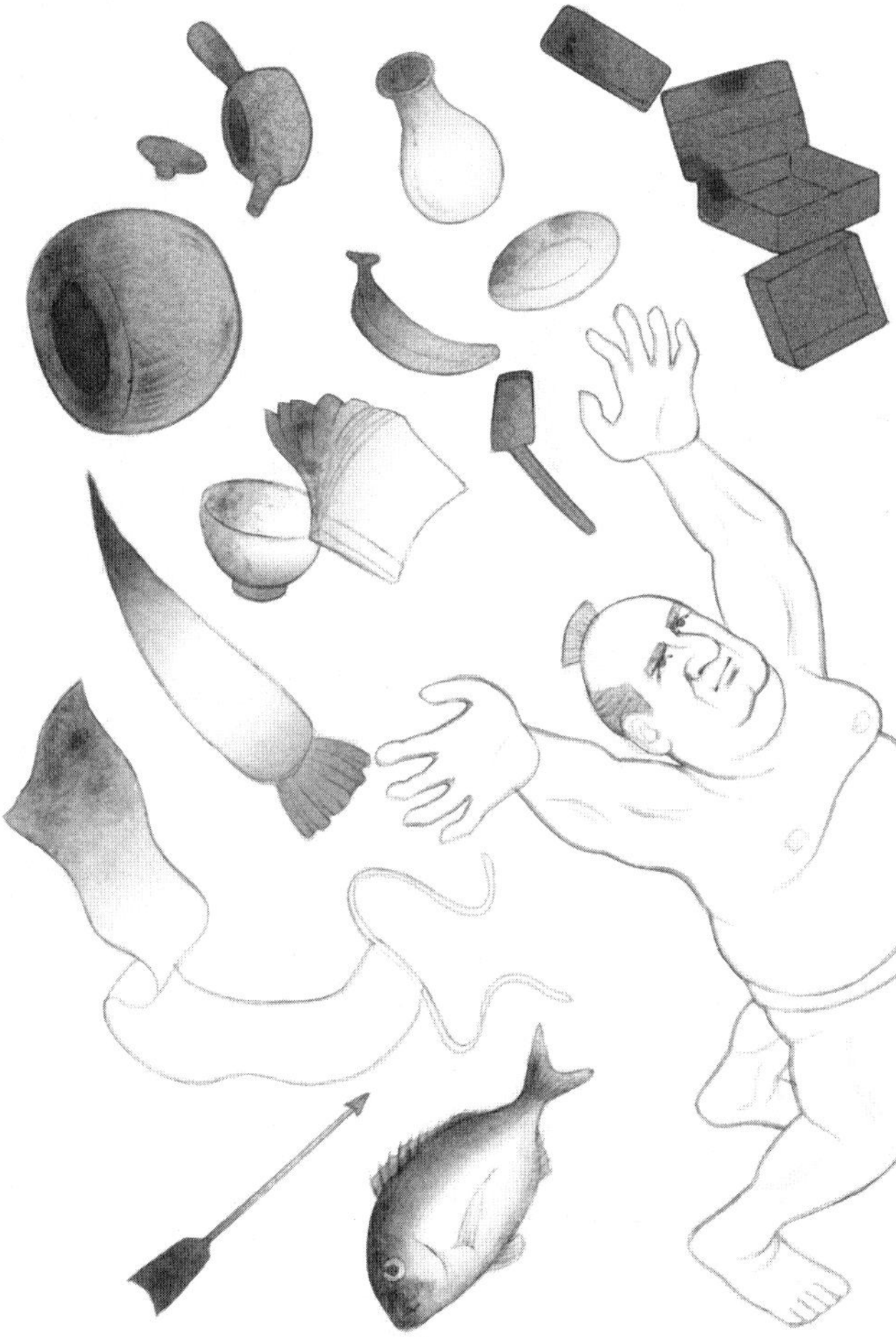

だ」

まったくだと返し、猿が小指で額を掻いた。

「それはそうと、犬殿、今度はまた舟泥棒とはな」

犬が苦々しく唸り、砂浜から波打ち際まで伸びる舟の跡を振り返った。

「しっかり押せ、尻をびっと引き締めろ。まだ取り戻してない宝があるだろう。我らの宝が」

朝焼けに染まりかけた静かな海へ、二人は小舟を漕ぎ出していった。

第十二章

砂浜の奥で屛風のように岩壁がそびえ立っているのも、ひかえめな波の音も光を弾き踊る海藻の類も、どこをとってもありふれた静かな浅瀬で、猿は水をはね散らし舟を押しこみながら、つい確かめたくなる。

「鬼ヶ島だな」

いよいよだと勇み、細かい砂の上を歩きだす犬の濡れた足跡を、数歩離れ猿が追う。じりじり頭のてっぺんを焼かれしかめ面でお天道様を仰ぎ見た猿が、いきなり前のめりに転び悲鳴をあげる。駆けつけた犬が見たのは砂地から生えた野太い腕で、それががっちり猿の脛をつかんで離さない。

仰天《ぎょうてん》し振りほどこうともがく猿に加勢し喰いちぎった腕が真っ青な血しぶきを吹き、始末に困った犬が波打ち際に放り投げた。

「鬼は皆殺しにしたはずだが」

「さあな。そいつに聞いてみたらどうだ」

猿が犬の目線をたどると、鬼の手首から先がまだ脛にしがみついていた。再び悲鳴をあげて、しつこい指の一本一本をなんとか引きはがし力任せに地べたに叩きつけると怒ってぶふうと血を噴き、陽炎《かげろう》に揺れながらすたこら岩場を逃げていく。

二人は用心しながらそろそろと浜の半ばまで進み、すると怪しいつむじ風が砂塵を巻きあげ、あっという間に天地をつなぐ竜巻となり襲いかかってくる。

――やっぱりお前達じゃないか。

桃次郎の声に身構える猿の前に、風呂敷包みを背負った犬が躍り出て猛然《もうぜん》と砂の壁に突っこんでいく。

「猿、お前は崖《がけ》からだ」

払いのけられるより、声にして拒まれるより壁はまだまし。そうだった。心の奥のそのまた奥の奥の、よすがの誤魔化し。そう。俺は怖くて、騙し騙し。

頭からぶつかっていけば、思った通り壁はまやかし。突破した先には薄く微笑む御君の姿。ああ、俺を見ている。あなたの家来というだけでは足らぬ。御君の弟にしてほしい。御君の妹にしてほしい。それが駄目なら御君の草履にしてほしい。股引にしてほしい。襟巻《えりまき》にしてほしい。いややはり御君の子にしてほしい。御君の母上にしてほしい。御君にしてほしい。

　かつて親しんだ足跡踏みの遊戯のままに目鼻耳を総動員、さらばだ瞬き。しかと御君を焼きつけろ。見える見える良く見える。唇はもちろん艶やかに椿《つばき》色。あけすけに助平《すけべえ》な紅玉のふたかけ。ほんのかすかに開きかけ、さては神通力の秘密と賭け、やれ蹴りあげた砂を盾に影の底を這い免れ、こじ開け千々《ちぢ》に裂けし分岐を前によぎるさだめの三文字を鼻であざけり舌出しふざけ、つづら折りに死線くぐり活路《かつろ》手繰《たぐ》り斜め駆け、壁も箱も思いこみならば御君あなたへの憧《あこが》れすら是空《これくう》いや断じて違うと派手に吼《ほ》えたて、いざ捨て身の突貫《とっかん》とみせかけながらここぞ切っ掛けと風呂敷かかげ、崖よじ登る猿めがけ力の限りぶん投げる。

　まだだ。猿を行かせるにはみじんの暇も与えられぬ。肩から上腕の筋をぐんと絞りあげ、かいな力上昇、自慢の巻き尾をぴんと立て肛門《こうもん》露呈《ろてい》、尻子玉《しりこだま》燃焼および熱放射開始。ぐるぐるぐわると唸りをあげ御君を的《まと》にまっしぐら。

　ぶつかる。

　空が地べたがうねり回るほどの衝撃でしがみつくのがやっと。遅れて砂塵が舞いあがる。流石《さすが》の御君、足も流れずびくともしない。だがな、だが逃がさぬ。稿眼とまともに目が合うその寸前、待ってましたと身をくねらせて、直立不動の御君にぴったり絡みついてやるまでよ。

「行けい猿よ」

ひょいひょい崖を飛び登る猿の赤い尻っぺたをぴっと引き締めて、降り注ぐ砂からなる生肌色の卵の中、犬は桃次郎の首に巻きつく石と化した。

猿は振り返らない。三段跳びの弾丸登山のさなか、風呂敷の端を千切れんばかりに握りしめる。眼下かえりみればとたんに冥土《めいど》送りの断崖にへばりつき、首一つの重さに感じ入り心中つぶやく。しかと引き受けた。からからの喉と裏腹に張り詰め漲《みなぎ》る五体満身《ごたいまんしん》。跳躍する、岩をつかむ、駆けあがるそのすべてを統《す》べ、ついに岩頭に手がかかりずっしり濡れ布団のような我が身を引きあげる。

見渡せば遠く城と城門、そこへ続くなだらかな坂は一面ぐずぐず肉の腐乱散《ふらんさん》乱《らん》。奇怪なことに息づきうごめき、ずるり足を滑らせればぶうわんと飛び立つ羽虫の一団。強烈な酸臭《さんしゅう》は粘つくような触感すらあり、かような腐肉が口にでも入ろうものならどうなるものか、知るものか。蟹を殺して半殺し、彼岸《ひがん》を見ること二度三度、石もて追われし流浪《るろう》の辛酸《しんさん》、仏にすがるも散々爪はじきの門《もん》外漢《がいかん》、見ざる聞かざる優柔不断《ゆうじゅうふだん》の使い番、茨に囚われること四十余年のこの老猿《ろうえん》に、土壇場《どたんば》でさだめは歌いだす。やってごらん。肝心の風呂敷包み押し抱《いだ》き引導渡しにいざ参らん。

南無三《なむさん》。

叫ぶ勢いのまま唸る羽虫をかきわけ頭から滑りこむ。臭くて臭くて、たまらず酸っぱいものを吐き、群青《ぐんじょう》の血肉と真珠色の膿《うみ》にまみれどろどろのげろみどろになりながら一気に滑り降りれば、にわかに腹の下をぬめる腐肉がどぅるんどぅるるん波打ちはじめ、さては鬼の歓迎か、前へ前へどんどん押し流され、ついには風切る音まで置いてけぼり。

崩れ荒れ果てどこから城かよくわからぬが、黒焦げの城門はとうに過ぎ、天守はすぐ目の前。なにより鬼どもの腐肉が流れを止めたのだからここで良しと、瓦礫をどかして木っ端《こば》を拾う。

堪忍《かんにん》だ温羅。この通り、よすがに覚えた経も大層心もとない。だがこらえて成仏せよと、あちこちたらい回しのあぶれ者にしか唱えることのできぬ、ごった煮経を上げつつ穴を掘る。

「待たせたな、猿」

振り仰げば、雉が荒れ果てた天守を背に舞い降りてくる。

「雉殿か、早速だが、手を貸してくれ。温羅ゆかりのこの地に首を埋めしかと冥途《めいど》に送るのだ」

「それでは間に合わない。御君はすぐそこだ……来るぞ」

日の丸の扇の上でつま先立ちの桃次郎が、腐肉の坂を矢のように滑り降りていく。天守の前に二人の家来がいるのが目に入り、雉まで来ているのを意外に思う暇もなく、その雉がばっと飛び立った。その足につかまれた首が、海風に髪をなびかせる。遠く、糸くずが絡みついた小豆粒《あずきつぶ》ほどだが、届く。

滑り降りながら桃次郎は額に稿眼を開く。すると眼界は幾千幾万のマス目に覆われ、雉は無数の「そ」と「ら」で埋めつくされた空を遠ざかる小さな「き」と「じ」の連なりとなる。細かな枡目《ますめ》に焦点を合わせ「い」「し」と念じ書き替えると同時に、わずかに傾いた雉がすうっと二の丸の青緑色の大屋根の向こうに滑りこんだ。軒反《のきぞ》りの先で白毫象眼《びゃくごうぞうがん》の瓦が色褪せ灰色に変わり、その上を雉が落とした首が跳ね転がり、ちょうど桃次郎の正面にある城門の先に落ちていく。

突然扇がひっくり返り、ぬかるみに足を取られた。ぐずぐずに腐り砂や泥と混じった鬼どもが腿《もも》から腰へと這いあがる。後から後からまとわりつき行く手を阻む。首に巻きついた犬が重い。島中から集まってくる腐肉に囲まれ、鬼切丸を振り回すがきりがなく、手あたり次第に石にしながら、どうにか城門にたどり着き鬼の首を拾いあげる。温羅とは似ても似つかぬ、南の海っぺりの首畑で雉が引っこ抜いてきた首を。

おとりか。

すぐさま天守の前、ほとんど怒声の経をがなり穴を掘る猿に照準を移す。だが書き換える前に見失う。にわかに湧きだした霧のせいだ。なにが起きたのか、すぐにはわからない。霧の出どころは、岩や瓦礫にみっしり張りついた、おびただしい数の鬼どもの唇。ことごとく舌を嚙み千切り、呻きとも嘆きともつかぬ声とともに、青い霧を吐き出している。

馬鹿な。ここまでやるか。

二の丸の大屋根の上でのびていた雉は、どうにか立ちあがる。青い霧をまとう、仁王立ちの猿が見えた。踏み固めたばかりの塚の前で、皺くちゃの顔に黄色い歯をむき出しにした猿が、雄叫びとともに、拳を天に突きあげている。

やってくれたか。

雉は踏み出そうとして、あっけなく転んだ。そこでようやく踵から先だけが固く動かないことに気づいた。石になっていた。

おおおおと叫び羽根の力だけで舞い昇る。風を手なずけ旋回し、目一杯翼を広げ空を抱きしめる。そこに失くした妻と卵達を、これまでにないほどはっきりと見たからだ。重ねて束ねて渾身の力で抱きしめる。もう二度と忘れることはない。皆私の中にしっかりおさめるから。これからはいつでも、どこへ行くにもお前達と一緒に飛ぼう。

叩きつけなくても引き裂かなくても、少し翼を動かせば思い通り。かつて風とは友のような間柄だったことを思いだす。ひるがえし撫でさすれば、それに応えてどんどん吹き上げる。何層もの雲を突き抜け、どこまでも届きそうで、ならば一族引き連れてこのまま日輪をくぐってしまおうか。

焼き鳥になってしまいますよ。

ころころと、軽やかな声に我に返る。体中の羽毛のすみずみまで洗い流すように、人娘の指のように風が撫でさすっていく。

佳代。

一声鋭く鳴き、雉は風とたわむれながら遠く命が呼ぶ方へ消えていった。

絡みついていた腐肉があっけなく離れ、引いていき、みるみる赤土の地面があらわになっていくその上空では温羅の無残な首が絹に金糸の雨に打たれつつ、空から伸びる鬼達の手に撫でられさすられ労《いたわ》られ包み抱かれて、高く高く舞い上がり、すると島中の腐肉から抜け出た無数の、涙に似た勾玉型《まがたまがた》の魂が温羅の後を追い、集まり、温羅を中心に薄紙を重ねゆくように合わさり真昼の月となったかと思えば、たちまち縮んで見えなくなり、ひっきりなしの雷鳴まで吸いこまれて耳が詰まったかのような静黙《せいもく》。ひと呼吸遅れの強烈な閃光。

意表を突かれ瞼を閉じそこね目がくらみ、薄暗くぼやけてしまった眼界が元通りになっていくにつれて、意識の外からにじみ湧くかのように温羅の月の消えた空にぽつりと梵鐘《ぼんしょう》ほどの両手が浮遊しているのがわかり、ゆっくりと指を絡め晴れて成仏の印を結び、次に左の人差し指が立ちあがり、その指を右手が握る大日如来の印相《いんそう》へと組み直し、輪郭からおびただしい光の糸を空へ返しつつ、ほどけ、溶け、消えていく。

温羅よ、ありがとう。

其方は眠ってばかりだったな。最後に話したのはいつのことだったか。頬に沁みるような冷え冷えとした薄闇の中、ひしめく宝物に囲まれて、蔵の隅で寄り添っていた。あの時温羅はいつから目覚めていたのだろう。まさに鬼退治へと旅立つあの日の、戻れない朝を夢に見てしまい、寝ぼけ眼でぼうと光るマラフグリ酒漬け瓶を眺めているうちにそれが夢だとだんだんわかり、うかつにも涙をこぼしたとたん、其方だけではないのですよと、そう教えてくれた。

昔々、あるところに其方の他にも鬼退治を志した者がいました。

その名は、そうですね、或《あ》る桃太郎《ももたろう》としましょうか。ああ、うっかり。つい口が滑ってしまいました。まあ良いでしょう。或る桃太郎は非常にせっかちと言うかなんというか、鬼ヶ島を目前にして、回想録をしたためようと思い立ちました。大時化《おおしけ》の吉備津港に足止めされ、暇に飽かせて筆をとることにしたのです。旅を思い起こしながら書くのは楽しく、三日四日と経てど嵐はしつこく居座ったまま。五日目には来し方が行く末を追い越してしまいました。勢いに任せ鬼退治をして宝物を人々に返すところまで書ききってしまったというわけです。

大風でがたがたと宿全体がきしんでいたのを覚えています。時の轍《わだち》から外れ、鬼退治どころか、なにもかもがすっかり片付いて伽藍堂になってしまったような、そんな異様な心持ちでめでたしと著《あらわ》しながらふと思いました。此方が鬼を倒して人々の元へ宝を返したら、一切合切《いっさいがっさい》が終わってしまうのではないかと。今世も誰かが書き綴る、もしくは紐解く、長い話のようなものだと。

たかが思いつきだと承知したつもりが、考えることをやめられません。取りつかれてしまったのです。なぜ或る桃太郎は生まれついての英雄なのか。なぜお膳立てされたかのように倒すべき悪がいるのか。朝に太陽が、夜に月が、暦通りに季節が、すべて生まれ死にゆく円環からなる今世で。ちょっと話が出来すぎではありませんかと。しかしそれは回想録を書くよりずっと前から薄々知りつつ、我知らず蓋をしてきたことにも思えました。ずいぶん悩みました。

もう鬼退治はやめにしようとも考えました。すると鬼どもが活発になり、その残虐非道《ざんぎゃくひどう》を訴える民草が大挙して宿につめかけてきました。

見も知らぬ僧にすがったこともありました。差し出された木鉢《きばち》を黍団子でいっぱいにして、今世をこしらえた者の名をたずねたところ、ぼろをまとった托《たく》鉢僧《はっそう》は如来、菩薩《ぼさつ》、明王《みょうおう》、天部《てんぶ》の御仏たちがひしめく曼荼羅《まんだら》を広げ、その中心を指さしました。

或る桃太郎がいなくなればと切腹しました。無敵の身体は傷つかず、刀が折れました。

進退窮まり息もできぬほどになりました。取り越し苦労ではと、楽観が甘くささやきました。

確かめる方法は一つしかありませんでした。やがて十日目に風がぱたりとやみ、或る桃太郎は温羅を切り捨て、今世の終わりに巨大な両手が結ぶ大日如来の印相を目の当たりにし、その理の正しさを自らに裏付けたのでした。

印相が消えたその真下、首塚の前でそれははじまり、「さ」と「る」がほどけかけ宙をたゆたい、「つ」と「か」もぐらつきだし、島を成す無数の「い」と「わ」が、もろくそびえる「し」と「ろ」が震え、此方の首に巻きついていた元は犬だった「い」と「し」がほどけ風にまかれる落ち葉のようにゆるく足元にまとわりついて、空を仰げばかつて温羅の首をはねた刹那に見た凶暴さのまま、細かく剝がれる「そ」と「ら」を宙に放ちながら、「か」「ぜ」に煽られゆっくりとめくれていく。

取り繕おうにも、稿眼にうつるそばからすべての文字がばらばら枡目からこぼれ落ちていき、狼狽《うろた》えあちらへこちらへと顔を向け、ただ見ることしかできない此方の周りをめまぐるしく、ばらけた文字の大群が渦巻き乱れ飛び交う。

剝がれた向こうに虚無がのぞく。稿眼を通してもそこに枡目はない。色も光も影もない。やがてすべてがかき消される。御破算《ごわさん》だと温羅は言った。なにもない。地獄ですらないと。

まんまと温羅を埋め弔い、立役者となった猿は叫んでいた。その意気よくわかる。本懐を遂げることなく主から切り離され川を彷徨ったマラフグリ、その無念と渇望を血肉とする此方には、痛いほどわかる。叫びをあげるその時を探し求めるのが人のさだめだとしたら、天下万民《てんかばんみん》を分身とする大日如来もまた然り。

誰かが言っていた。形にするとは閉じること。

いまにも虚無に食いつくされそうな空を、めでたしの文字をかたどった巨大な岩塊がじりじり、じりじり、失われゆく大地を海を空を震わす地鳴りを引き連れ降りてくる。「し」と「ま」が頭の上をかすめ、めくれた「う」と「み」の底に投げ出された。むき出しの虚無にじわじわと侵食され此方の体もほどけていく。

切り上げ時に飢え渇き、なりふり構わぬ力押し。しかし聞こえるか。今世を紡ぐ万物の慈母《じぼ》よ。問答無用《もんどうむよう》の残忍《ざんにん》な刈り手よ。此方は鬼退治なるかつての本懐を捨てた。ここにはそれだけの値打ちがあるのだ。孝行《こうこう》に仁義《じんぎ》に矜持《きょうじ》に恥、一切合切《いっさいがっさい》かなぐり捨てた。さりとて此方は依然として、今世と分かちがたき勧《かん》善懲悪《ぜんちょうあく》の英雄なり。そのしたたかさを思い知るがいい。

ふんぞりかえって此方を見下ろす岩塊にあらん限りの声をぶつける。

ややあ我こそは日本一の快男児桃次郎。

今世は終わらせぬ。言葉を取り戻し、あるべき枡目へと埋め戻すのだ。或る桃太郎あらため温羅がしたのと同じやり方で。

それから此方は日本一の二つ名に別れを告げ、稿眼をえぐり出し「う」「ら」と念じつつそこに自らを映す。


村はずれの水車小屋にいた尻取の翁はそれどころじゃなかった。

明け方からずっと息が苦しく、心《しん》の臓《ぞう》が口から飛び出しそうで、こんなにはっきりわかるものかと疑いたくなるほど、もう死ぬのだとわかった。絵師を探す暇などなかった。絵の心得など無いに等しいが、それでもろうそくの明かりを頼りに、汗だくになりながら、硬い枝で熊女房の大きな尻を地べたに描いた。人に見せられる出来では、もちろんない。

ええじゃないか。

そういうのはもう、どうでも良いのだった。

それであちきの尻は描けたのかい。間に合ったんならあんた、上等じゃないかえ。

硬い毛にすっぽり包まれて、もう返す声は出ない。かわりに微笑んでみせたが、口元を覆う髭のせいで熊女房に伝えられる自信はなかった。しかし見下ろす黒くしっとりと濡れた目は翁に応じてたしかに笑った。それを見て取ると尻取の翁は尻取の翁のためだけに熊菩薩《くまぼさつ》の尻を閉じこめ、限りあればこその目出度さと、産声に先だつひと吸いに満たされた内側から扉を閉めた。

大森兄弟

兄は1975年、弟は76年、ともに愛知県生まれ。2009年『犬はいつも足元にいて』で文藝賞を受賞し、兄弟ユニット作家としてデビュー。同作が芥川賞候補になる。著書に『まことの人々』『わたしは妊婦』があるほか、8組の作家による競作企画〈螺旋プロジェクト〉に参加した『ウナノハテノガタ』がある。

めでたし、めでたし

二〇二四年七月一〇日　初版発行

著者　大森《おおもり》兄弟《きょうだい》

発行者　安部順一

発行所　中央公論新社
〒一〇〇-八一五二
東京都千代田区大手町一-七-一
電話　販売　〇三-五二九九-一七三〇
　　　編集　〇三-五二九九-一七四〇
URL https://www.chuko.co.jp/

DTP　嵐下英治
印刷　TOPPANクロレ
製本　大口製本印刷

Published by CHUOKORON-SHINSHA, INC.
Printed in Japan　ISBN978-4-12-005802-8 C0093

ウナノハテノガタ

大森兄弟

「いいか、島でのこと、だれにも話してはいけない」海の民の少年オトガイは、父から代々伝わる役目を引き継ぐ。山の民の少女マダラコは、生贄の儀式から逃れて山を下りる。死を知らぬ海の民イソベリ、死を弔う山の民ヤマノベ。二つが出会い、新たな命と、神話が生まれる。すべてが始まる原始の物語。巻末座談会・〈螺旋プロジェクト〉のいままで

中公文庫